W0359148

UNITALL

1949 Kaiser FRONT

Band 8: Die Londoner Kriegsverbrecherprozesse

Heinrich von Stahl

1. Auflage
Dezember 2011

Unitall Verlag GmbH
Salenstein, Schweiz
www.unitall.ch

Vertrieb:
HJB Verlag & Shop KG
Schützenstr. 24
78315 Radolfzell
Deutschland

Bestellungen und Abonnements:
Tel.: 0 77 32 – 94 55 30
Fax: 0 77 32 – 94 55 315
www.hjb-shop.de
hjb@bernt.de

Lektorat: Klaus N. Landser

Titelbild: Nick (Russia)
Printed in EU

© 2011 Unitall Verlag
UNITALL ist ein eingetragenes Warenzeichen
Alle Rechte vorbehalten

Kapitel 1: Operation Dynamo[1]

Das von tiefen Furchen durchzogene Gesicht des Marschalls ließ keine Gefühlsregung erkennen, als der Funker des Landkreuzers die Meldung in die Zentrale brüllte:

»Die Luftwaffe hat vor wenigen Minuten über Stalingrad und Umgebung drei Atombomben gezündet!«

Während der Marschall wie eine Statue mit auf dem Rücken gefalteten Händen breitbeinig in der Zentrale stand und sein Blick ins Leere zu stoßen schien, hakte der Kommandant des Landkreuzers, Major Beaupoil, nach: »Sprengkraft?«

»Je eine Megatonne«, gab der Funker mit einer deutlich vernehmbaren Euphorie in der Stimme zurück, die nicht den unvorstellbaren Zerstörungen geschuldet war, die über Stalingrad hereingebrochen waren, sondern der Tatsache, dass der Nordische Bund nach mehrmonatiger Pause nun endlich wieder über Nuklearwaffen verfügte. Damit rückte das Ende des Zweiten Weltkriegs in greifbare Nähe.

---

[1] Es mag nicht verwundern, dass die Alliierten in unserer Parallelwelt den gleichen Namen für eine ähnliche Operation gewählt haben: Die Evakuierung des britischen Expeditionsheeres aus Dünkirchen.

Der Oberbefehlshaber der nordischen Streitkräfte an der Westfront sah vor seinem geistigen Auge die ungeheuren Verwüstungen und den hunderttausendfachen Tod, der innerhalb weniger Minuten über eine ganze Region hereingebrochen war. Dutraux empfand tiefen Abscheu über diese Eskalation eines Krieges, der von der Kastrup lediglich als Säbelrasseln geplant gewesen war. Der Sinn des Theaterstücks, das vor einem Jahr bitterer Ernst geworden war, hatte darin bestanden, die Industrien der Weltmächte anzukurbeln. Ein nicht unerheblicher Teil der Produktion sollte in den Ausbau der Werke überall im Sonnensystem gesteckt werden – ein Vorhaben, das trotz seiner ungeheuren Dimension mit der notwendigen Geheimhaltung durchgeführt werden konnte. Schließlich saßen in allen wichtigen Schaltstellen von Banken, Handel und Industrie Mittelsmänner der »Organisation«, um die Produktions- und Transportlisten entsprechend »anzupassen«.

Doch der vermeintliche Partner der Kastrup, der CFR[2], hatte ein falsches Spiel gespielt. Die Agenten des Councils hatten zunächst Napalm in die Kanalisation des kalifornischen Städtchens Rosamond verbracht und gezündet, als der Nordische Bund die amerikanischen Nuklearanlagen ganz in der Nähe bombardierte. Es hatte so ausgesehen, als hätten die nordischen Bomber Brandbomben auf die Kleinstadt abgeworfen, wobei Tausende Zivilisten einen furchtbaren Tod erlitten hatten. Dementsprechend war die Kriegsbereitschaft der amerikanischen Bevölkerung stark angestiegen – exakt das war es, was der CFR durch diese Aktion erreichen wollte.

Mittlerweile war auch bekannt, dass der CFR den Angriffsplan auf den Nordischen Bund ausgeheckt hatte. Während die Atomwaffen des Reiches neutralisiert worden waren, hatte sich die Rote Armee auf den Einmarsch ins Reichsgebiet vorbereitet. Gleichzeitig hatten mehr als tausend britische Bomber das

---

[2] Council on Foreign Relations.

Nordische Kernwaffen-Testzentrum in der Wüste Libyens vernichtet und durch das Bombardement den Nordischen Bund für fast ein Jahr nuklear entwaffnet.

Teil des Plans des CFR war zusätzlich das Anzetteln einer »demokratischen« Revolution gegen den französischen König gewesen. Ziel war es, Frankreich vom verlässlichen Bündnispartner zu einem erbitterten Gegner Deutschlands »umzudrehen«, was das Reich in einen Zweifrontenkrieg gestürzt hätte.

Tatsächlich hatte es in den ersten Kriegswochen so ausgesehen, als stünde der Nordische Bund unmittelbar vor dem Zusammenbruch. Glücklicherweise waren die Pläne des CFR jedoch nicht aufgegangen. Die so genannte Revolution in Frankreich scheiterte nicht zuletzt am fehlenden Rückhalt, den die selbsternannten Demokraten in der Bevölkerung genossen. Hinzu kam das beherzte Eingreifen der Kastrup, die den französischen König aus der Gewalt der Revolutionäre befreite.

Als Wende im Krieg galt dann die Schlacht um Warschau, bei der drei sowjetische Fronten[3] aufgerieben worden waren. Es hatte acht Monate gedauert, bis sich die Rote Armee von diesem Schlag einigermaßen erholt hatte. Langsam wurde die zahlenmäßig größte Landstreitmacht der Erde wieder in die Lage versetzt, ernsthaften Widerstand leisten können. Doch dem auf dieses Wiedererstarken begründeten Traum der sowjetischen Führung, das Ruder noch einmal herumreißen zu können, bereiteten die Atomwaffen des Reiches nun ein jähes Ende.

Dutraux war fest davon überzeugt, dass das deutsche Heer auch auf konventionellem Wege mit der Roten Armee fertig geworden wäre. Doch die ungeheuren Verluste, die sich vor Stalingrad angebahnt hatten, wären ein sehr hoher Preis für den Sieg im Osten gewesen. Aus diesem Grunde hatte der Mar-

---

[3] Eine sowjetische »Front« umfasst drei Armeen. Nicht zu verwechseln mit dem Begriff »Front« als Synonym für »Kampflinie«.

schall volles Verständnis für den Einsatz dieser furchtbarsten aller Massenvernichtungswaffen auf sowjetischem Boden – zumal Stalingrad und Umgebung schon Tage zuvor evakuiert worden waren. Die Verluste an Zivilisten sollten sich auf ein Minimum beschränkt haben.

Anders sah die Situation an der Westfront aus, für die Dutraux die militärische Verantwortung trug. Der Sieg war den nordischen Truppen nicht mehr zu nehmen. London war gefallen, und die angloamerikanischen Truppen befanden sich auf einem ungeordneten Rückzug Richtung Liverpool. Laut Luftaufklärung sammelten die Briten und Amerikaner dort eine gewaltige Flotte aus Kriegsschiffen, Handelskähnen und Fischerbooten. Alles was schwimmen konnte wurde herangezogen, um die verbliebenen rund siebenhunderttausend amerikanischen und britischen Soldaten auszuschiffen. Die Royal und die US Air Force boten ihre letzten Kräfte auf, um den Luftraum über Liverpool einigermaßen frei von Maschinen des Nordischen Bundes zu halten. Dementsprechend kümmerten sich die nordischen Stukas und Jagdbomber um die heillos nach Liverpool fliehenden alliierten Truppen und fügten ihnen schwere Verluste zu. Doch auf diese Weise war das Entkommen der angloamerikanischen Truppen nicht aufzuhalten. Dem Marschall war klar, dass er Liverpool einnehmen musste, um zu verhindern, dass sich die siebenhunderttausend gegnerischen Soldaten absetzten. Und genau dies war sein Dilemma. Die den Feind verfolgenden Spitzen der französischen, skandinavischen, belgischen und niederländischen Armeen waren erschöpft. Sie waren trotz heftiger Gegenwehr vor rund zwei Wochen an den Stränden der britischen Hauptinsel gelandet. Anschließend waren sie in verlustreichen Kämpfen um jedes Dorf ins Landesinnere vorgestoßen. Zurzeit tobten die Kämpfe um Nottingham und Birmingham, wobei jedoch abzusehen war, dass der alliierte Widerstand dort eher in Stunden als in Tagen zusammenbrechen würde. Die Ursache dafür war die Absetzbewegung des Gros‘ der gegnerischen Kräfte Richtung Liverpool.

Während die Kameraden in der Zentrale des Landkreuzers den Abwurf der Fusionsbomben im Osten und damit die unmittelbar bevorstehende Kapitulation der Sowjetunion feierten, versetzte sich der Marschall in die Lage seines Gegners. Die Invasion Englands durch die nordischen Truppen war geglückt. Es wäre aus der Sicht des alliierten Oberkommandos unrealistisch gewesen anzunehmen, es bestünde auch nur der Hauch einer Chance, die Armeen des Kaisers wieder zurück ins Meer treiben zu können. London war erobert, die britische Regierung gefangen genommen worden. Entsprechend demoralisiert dürften die angloamerikanischen Soldaten sein. Folglich war es die einzig vernünftige Entscheidung des alliierten Oberkommandos, zu retten, was noch zu retten war, um im weiteren Verlauf des Krieges mit wiedererstarkten Truppen den Gegenschlag zu führen. Ein solches Szenario empfand Dutraux als durchaus realistisch. Die amerikanische Industriekapazität war gewaltig und würde die alliierten Truppen in den kommenden Monaten mit schier unerschöpflichem Material versorgen können. Entsprechend wertvoll waren kampferfahrene Truppen, die, nachdem sie ihre Niederlage in England überwunden hatten, bestens ausgerüstet und auf Rache sinnend ihrerseits an den Küsten Englands landen würden.

War die Lösung dieses Problems der erneute Einsatz von Kernwaffen – diesmal auf Liverpool? Der Marschall verwarf den Gedanken sofort wieder. Im Gegensatz zu Stalingrad waren die Zivilisten der britischen Großstadt nicht evakuiert worden. Wohin hätte man die Hunderttausende Frauen und Kinder auch bringen sollen? Man war schließlich froh, wenn es gelänge, die amerikanischen und britischen Armeen auszuschiffen, bevor die nordischen Panzerspitzen eintrafen.

Und Dutraux befürchtete, dass es dem Gegner tatsächlich gelingen würde, die zweihunderttausend britischen und fünfhunderttausend amerikanischen Soldaten in Sicherheit zu bringen. Die sie verfolgenden nordischen Kräfte waren abgekämpft, und der Nachschub kam bei der Geschwindigkeit des Vorstoßes kaum noch nach. Die ersten der schweren, Sprit fressenden Maus- und Tigerpanzer blieben bereits liegen und mussten auf die Versorgungseinheiten warten. Lediglich die nukleargetrieben Landkreuzer waren durch ihre praktisch unbegrenzte Reichweite in der Lage, auf Tuchfühlung mit dem Gegner zu bleiben. Dutraux hatte befohlen, dass jedem Landkreuzer mehrere Panzer angehängt wurden, um den wertvollen fossilen Brennstoff zu sparen.

So kam es, dass die zwölf Stahlgiganten der 7. Französischen Kastrup-Panzerarmee an Stahlketten jeweils mehrere Maus, Tiger, Panther und Mannschaftswagen hinter sich herzogen. Doch mit dieser Streitmacht würde es sicherlich nicht möglich sein, eine britische Großstadt mit siebenhunderttausend alliierten Soldaten einzunehmen. Die Frage war also, ob es hinreichend vielen nordischen Verbänden gelingen würde, rechtzeitig in Liverpool einzutreffen. Der Marschall hatte diesbezüglich erhebliche Zweifel. Aus diesem Grunde hatte er um ein Telefonat mit dem Kaiser gebeten. Es war ihm für fünfzehn Uhr des heutigen 29. März 1950 zugesagt worden.

Dutraux nahm seine gefalteten Hände vom Rücken und blickte auf seine Armbanduhr. Es war 08:12 Uhr. Noch fast sieben Stunden. Doch dann würde endlich eine Entscheidung fallen.

Der Marschall würde darauf plädieren, die nordischen Truppen anzuhalten, um ihnen eine Verschnaufpause zu gönnen und ihnen Gelegenheit zu geben, sich zu sammeln. Anschließend sollte dann der konzentrierte Vorstoß auf Liverpool erfolgen. Der Vorteil dieser Strategie war, dass die Eroberung der Großstadt in diesem Falle gelingen würde. Der Nachteil war, dass bis dahin die Gefahr bestand, dass bereits großen Teilen der alliierten Truppen die Flucht über die Irische See gelungen war.

Mit einiger Zuversicht ging Dutraux davon aus, dass der Kaiser seinen Vorschlag billigen würde.

Auf dem Hauptbildschirm war nichts als Bäume zu sehen, die vor dem Stahlgiganten wie Streichhölzer umknickten. Bevor der Landkreuzer in das Wäldchen eingedrungen war, hatte man die Mannschaftswagen abgehängt und nur die Panzer im Schlepptau behalten. Die Transporter würden im Schutze der Kampfläufer den Wald umgehen und sich auf der anderen Seite wieder an den Giganten hängen lassen.

Grund für diese Maßnahme war eine Meldung der Aufklärung gewesen, nach der sich wenige Kilometer vor dem Landkreuzer ein gegnerischer Verband in Bataillonsstärke auf die Stadt Wrexham zu bewegte. Die Abkürzung durch den Wald sollte dazu beitragen, nahe genug an den Feind heranzukommen, um ein gezieltes Feuer eröffnen zu können.

Fast übergangslos wurden die umstürzenden Bäume durch den freien Blick auf Felder ersetzt, die sich bis an den Stadtrand von Wrexham zogen. Mitten durch die Äcker schlängelte sich eine Landstraße, auf der Dutzende Militärlastwagen nach Norden fuhren.

Dutraux beobachtete den Bildschirm für die Zielerfassung der Primärbewaffnung, die aus zwei 38-cm-Kanonen bestand, die aus dem Schlachtschiffbau stammten. Unerbittlich senkte sich das Fadenkreuz auf die Spitze der alliierten Kolonne herab. Dann dröhnte ein ungeheures Donnern durch den Landkreuzer. Der Stahlgigant erbebte in seinen Grundfesten. Den Bruchteil einer Sekunde später entstanden mitten unter den gegnerischen Fahrzeugen zwei riesige Explosionstrichter aus Tonnen empor gerissener Erde, in die Höhe schießenden Gesteins und der Glut des detonierenden Sprengstoffs.

Dutraux beobachtete, wie hunderte britische Soldaten von den noch unzerstörten Lastwagen sprangen und anschließend über die Felder rannten. Der Marschall brauchte dem Kanonier nicht den Befehl zu geben, auf den Beschuss der Fliehenden zu verzichten. Man hatte sie daran gehindert, schnell nach Liverpool zu kommen, weshalb ihnen das Schicksal der Gefangenschaft nicht erspart bleiben würde.

Der Landkreuzer walzte sich mit seinen Panzern im Schlepptau auf die Kolonne zu. Sie schien tatsächlich verlassen worden zu sein. In mehreren hundert Metern Entfernung verschwanden rund tausend britische Soldaten zwischen einer Baumgruppe, die das Feld einfriedete. Die Franzosen ließen sie gewähren.

Der Landkreuzer wartete knapp zehn Minuten, bis die Grenadiere und die Kampfläufer eintrafen. Erste untersuchten die britischen Truppentransporter nach zurückgebliebenen Soldaten, fanden jedoch keinen einzigen.

Dutraux befahl, die verlassenen Lastwagen einfach zurückzulassen. Nachfolgende nordische Verbände würden sich über den Kraftstoff freuen, den sie den Fahrzeugen abzapfen konnten.

Eine Viertelstunde später erreichte der Landkreuzer den Stadtrand von Wrexham. Dutraux ließ abschwenken, denn eine Fahrt durch die Stadt hätte zu erheblichen Verwüstungen geführt. Er überließ es den Grenadieren, zu überprüfen, ob sich noch Feindkräfte in den Gebäuden befanden. Falls dem so war, so konnte es sich nur um Verwundete handeln, die von den fliehenden Briten und Amerikanern zurückgelassen werden mussten.

Während der Landkreuzer mit einem knappen Dutzend Panzer im Schlepptau Wrexham umging, nutzte Dutraux die Zeit, sich mit dem Oberkommandierenden der skandinavischen Streitkräfte kurzzuschließen. Er bat den Funker, eine Verbindung zu Generalfeldmarschall Larsen herzustellen, der für das Unternehmen »Stahlflut« unter seinem Kommando stand. Die Spitzen der 7. Skandinavischen Kastrup-Panzerarmee waren neben denen der 7. Französischen die einzigen, die bereits auf weniger als fünfzig Kilometer auf Liverpool vorgestoßen waren.

Es dauerte nur wenige Sekunden, bis ihm der Kopfhörer mit integriertem Mikrophon gereicht wurde. Die Verbindung kam so schnell zustande, weil sich der skandinavische Generalfeldmarschall ebenfalls in einem Landkreuzer aufhielt und mit ihm von Osten kommend ebenfalls auf Liverpool vorstieß.

Dutraux setzte ihn auf und nahm den Platz des Funkers ein, der recht froh schien, sich nach fast zwanzig Stunden Dienst endlich mal die Beine vertreten zu können.

»Marschall Dutraux hier«, sprach er mit ruhiger Stimme in das Mikrophon vor seinen Lippen.

»Larsen am Apparat«, kam etwas unkonventionell aus den Lautsprechern des Kopfhörers. »Wir befinden uns auf halbem Weg zwischen Macclesfield und Warrington. Ernsthafter Widerstand wird uns nicht mehr entgegengebracht. Der Zusammenhalt der feindlichen Verbände auf taktischer Ebene geht eindeutig verloren. der Gegner ist demoralisiert und scheint nur noch nach dem Motto ‚Rette sich wer kann' zu handeln.«

»Ähnlich sieht es bei uns aus«, sagte Dutraux mit seiner tiefen, rauchigen Stimme. Als ob er diesen Effekt verstärken wollte, zündete er sich eine filterlose Zigarette an. »Wir umgehen gerade Wrexham, während die Grenadiere die Stadt nach versprengten Soldaten durchsuchen. Bislang haben sie niemanden gefunden. In zwei bis drei Stunden werden wir uns auf den Weg westlich an Chester vorbei nach Liverpool machen. Wir können die Stadt theoretisch bis zum Abend erreichen, doch ich halte einen solchen Vorstoß für Wahnsinn. Mit insgesamt zwölf Landkreuzern und den paar Dutzend angehängten Panzern und Mannschaftswagen können wir gegen die britischen und amerikanischen Armeen keinen Blumentopf gewinnen.«

»Sehe ich auch so, Kamerad. Das Gros meiner Truppen befindet sich bereits dreißig bis fünfzig Kilometer hinter meinen Panzerspitzen, von denen die meisten auf dem letzten Tropfen Sprit fahren. Wir müssen den Truppen unbedingt eine Verschnaufpause gönnen und sowohl den nachfolgenden Truppen als auch dem Nachschub Gelegenheit geben, aufzuschließen. Erst dann können wir einen massiven Angriff auf Liverpool wagen.«

»Das sehe ich genauso, Generalfeldmarschall. Ich habe um 15:00 Uhr ein Telefongespräch mit dem Kaiser. König Karl VII. wird ebenfalls daran teilnehmen. Ich werde Friedrich schon klarmachen, dass wir Gefahr laufen, dass unsere Spitzen von den bei Liverpool konzentrierten Feindkräften aufgerieben werden, wenn wir weiter mit dieser Geschwindigkeit vorstoßen.«

Larsen räusperte sich kurz, bevor er entgegnete: »Der Kaiser wird einsehen, dass wir uns zunächst ein, zwei Tage sammeln müssen, bevor wir erneut vorstoßen. Wahrscheinlich schätzt er die Lage ebenso ein wie wir.«

»Also gut!«, sagte Dutraux mit in den Nacken gelegtem Kopf und blies den blauen Qualm genüsslich zur Decke. »Bis zu meinem Telefonat mit dem Kaiser stoßen wir weiter vor. Bis dahin dürften wir noch nicht auf konzentrierten Widerstand stoßen. Danach haben wir – hoffentlich! – den ersehnten Haltebefehl. Halten Sie ihre fünf Landkreuzer einigermaßen auf gleicher Höhe, damit gegen unerwarteten Widerstand maximale Feuerkraft zur Verfügung steht. Ich werde mit meinen sieben LK ähnlich vorgehen. Keiner darf mehr als vierzig Kilometer vom anderen entfernt sein, damit jeder jedem im Notfall Feuerschutz geben kann.«

»So machen wir's«, entgegnete Larsen lakonisch und gab den Kopfhörer zurück an den Funker.

*

Auszug aus den im Mai 1954 veröffentlichten Tagebüchern von Kaiser Friedrich IV, Unitall Verlag, Neumünchen, Mars.

Mittwoch, 29. März 1950

Dieser Tag gehörte zu den bedeutsamsten im gesamten Verlauf des Zweiten Weltkrieges. Ich verbrachte ihn in der Kommandozentrale tief unterhalb des kaiserlichen Palastes. Hier lief alles zusammen. Der mit V-Technologie ausgestattete kuppelförmige Saal ermöglichte mir, mit allen Truppenteilen – auch mit der streng geheimen Raumflotte – in ständigem Kontakt zu bleiben.

Drei weltbewegende Ereignisse prägten diesen 29. März.

1. Auf meinen Befehl hin wurden in den frühen Morgenstunden drei schwere Fusionsbomben auf Stalingrad und Umgebung abgeworfen.
2. Generalfeldmarschall von Dankenfels brach nach Absprache mit mir nach Kallisto auf, um mit der 5. Raumlandebrigade Werk Kallisto I zu erobern, das sich nach wie vor in der Hand des CFR befand und wegen des dortigen Reichtums an Edelmetallen für unsere Vorbereitungen zum Widerstand gegen die Vegalier-Invasion unverzichtbar war.
3. Die Ereignisse in England strebten ihrem Höhepunkt zu. Der Widerstand des Gegners war an allen Fronten zusammengebrochen. Wie es schien, wollten die Alliierten ihre Truppen in Liverpool ausschiffen und so in Sicherheit bringen. Es handelte sich um immerhin siebenhunderttausend Soldaten. Falls es uns gelang, diese Evakuierungsaktion, von unseren Gegnern »Operation Dynamo« genannt, zu verhindern und die britischen sowie ameri kanischen Armeen gefangen zu nehmen, würde die Kriegsbegeisterung in den USA einen schweren Schlag erhalten. Dies wäre sicherlich ein weiterer Grund für Truman, meine Forderungen für eine Beendigung der Kampfhandlungen zu akzeptieren.

Doch eines nach dem anderen. Als die Meldung hereinkam, dass die Fusionsbomben über Stalingrad gezündet worden waren, überkamen mich Erleichterung und ein flaues Gefühl in der Magengegend zugleich. Ich empfand Erleichterung darüber, dass uns nicht wieder jemand einen Strich durch die Rechnung gezogen hatte, wie es vor fast einem Jahr der Fall gewesen war, als der kommunistische Spion Malte Müller unsere Kernwaffen durch ein Programmteil unbrauchbar gemacht hatte, der von ihm während seiner Zeit in Nokwat[4] implementiert worden war.

Die Sorge, dass etwas Ähnliches noch einmal geschehen könnte, erwies sich jedoch als unbegründet und war wohl eher irrationalen, unterbewussten Ängsten geschuldet. Schließlich hatte mir Professor Heisenberg versichert, dass die Zünder der Waffen dieses Mal ohne programmtechnische Sperren hergestellt worden waren. Dies war bei nur drei Waffen, die bislang gebaut werden konnten, ein vertretbares Sicherheitsrisiko. Diese Fusionsbomben waren bis zu ihrem Einsatz von einem Regiment meiner »Hohenzollern« bewacht worden. Ihnen diese Waffen zu entreißen, hätte wahrscheinlich des Angriffes einer ganzen Armee bedurft – und selbst dann hätten meine Spezialisten die Bomben wahrscheinlich rechtzeitig zerstört.

Das flaue Gefühl in meinem Magen rührte daher, dass auf meinen Befehl hin Hunderttausende Menschen innerhalb weniger Minuten gestorben waren oder so schwer verletzt wurden, dass sie die nächsten Monate nicht überleben würden.

Natürlich sagte mir mein Verstand, dass dieser Befehl richtig gewesen war. Schließlich waren die Sowjets die Aggressoren, die versucht hatten, unser Land zu unterwerfen. Diese Soldaten zu schonen hätte bedeutet, eine unüberschaubare Zahl unserer eigenen Soldaten bei den bevorstehenden Kämpfen in den Tod zu schicken. So aber würde den Kommunisten nichts anderes

---

[4] Nordisches Kernwaffentestzentrum in der Wüste Libyens.

übrig bleiben als zu kapitulieren. Damit wäre das Massensterben an der Ostfront endgültig vorbei. Wahrscheinlich hätten Millionen den Tod gefunden, wenn ich nicht befohlen hätte, die Hunderttausende in Stalingrad zu töten.

Ich schreibe diese Dinge in mein Tagebuch, um meine Gedanken zu ordnen, mit denen ich mein Handeln rechtfertige. Falls künftige Generationen – sofern es solche nach der Invasion der Vegalier überhaupt noch geben wird – meine Entscheidungen verurteilen, so mögen sie über die noch viel schrecklicheren Alternativen nachdenken.

Gegen 10:00 Uhr trafen die ersten Bilder ein, die von der B1 und einigen Aufklärungsflugzeugen geschossen worden waren. Zu erkennen waren drei gigantische Atompilze, die auf einem Meer aus Glut und braunschwarzem Qualm standen. Die in der Kommandozentrale Anwesenden unterbrachen ihre Arbeit und betrachteten mit einer Mischung aus Abscheu und Faszination die auf dem fünf Meter in der Diagonale messenden Hauptbildschirm dargestellten Einzelheiten.

Die folgende Serie der Aufnahmen zeigte die drei Atompilze, deren Stiele langsam zu zerfasern schienen. Am Boden war ein Trümmermeer zu erkennen, aus dem die Flammen Dutzende Meter in die Höhe schossen. Nahaufnahmen zeigten die Konturen von fünf bis sechsstöckigen Gebäuden, die nur schwach hinter einer Wand aus Glut zu erkennen waren.

Es folgten Bilder des Zentrums Stalingrads. Durch den sich auflösenden Fuß des Atompilzes hindurch war zu sehen, dass im Zentrum kein Stein auf dem anderen geblieben war. Die Druckwelle der Fusionsbombe schien alles dem Erdboden gleichgemacht zu haben. Es war noch nicht einmal zu erahnen, wie die Gebäude ausgesehen haben mochten, die dort einst gestanden hatten. Das Ganze sah aus wie eine schwarz eingefärbte Schutthalde, aus der trotzig die fast bis zur Unkenntlichkeit geschmolzenen Überreste von Straßenbahnen und Fahrzeugen zu erkennen waren. Auf einer Nahaufnahme war sogar ein Panzer zu sehen, der wie das Werk eines irren Künstlers wirkte. Mit der linken Seite ragte er aus den schwarzen Trümmern. Die Kette und die Laufräder waren zu einem undefinierbaren Etwas verschmolzen. Der Drehturm schien fließend in die Wanne überzugehen. Die Kanone war bei der Hitze unter ihrem eigenen Gewicht verbogen worden und hing gekrümmt vom Drehturm bis auf die Trümmer herab.

Immerhin gaben uns die Aufnahmen einen Vorgeschmack dessen, was uns erwartete, wenn unsere Truppen in vierzehn Tagen in die Detonationszonen einrücken würden. Nach dieser Zeit wäre die Radioaktivität auf ein erträgliches Maß zurückgegangen, hatte mir Professor Heisenberg versichert.

Trotz der in der Kommandozentrale verwendeten Technologien, die wir ohne die Stützpunkte der Außerirdischen wahrscheinlich erst in hundert Jahren entwickelt hätten, waren die Kommunikationseinrichtungen natürlich auch mit den vergleichsweise altertümlichen, »offiziellen« Techniken kompatibel. Ich verfasste handschriftlich eine Depesche an den Oberkommandierenden der sowjetischen Streitkräfte, Marschall Tschernikow, in der ich ihn zur bedingungslosen Kapitulation aufforderte und ihn für den 2. April zur Aufnahme entsprechender Verhandlungen nach Warschau zitierte. Ich war selbst gespannt darauf, wie Tschernikow reagieren würde, als ich einem Adjutanten den Zettel in die Hand drückte. Er würde dafür sorgen, dass meine Botschaft ganz konventionell als Telegramm versandt wurde.

Kurz vor 11:00 Uhr begab ich mich zu einer Sitzgruppe aus zwei rechtwinklig zueinander gruppierten Dreiersofas, die ich an der Wand des kuppelförmigen Saales hatte aufstellen lassen. Zusätzlich umrahmten drei einzelne Sessel einen gläsernen Nierentisch, auf dem man Unterlagen und Getränke abstellen konnte. Hier entspannte ich mich gelegentlich und wurde trotzdem umgehend darüber informiert, falls etwas Wichtiges geschah. Diesmal suchte ich die mit lachsfarbenem

Samt überzogenen Sitzmöbel jedoch nicht zur Entspannung auf, sondern wartete dort auf meinen Freund König Karl VII. von Frankreich, der mich um eine persönliche Unterredung gebeten hatte.

Pünktlich auf die Sekunde glitten die beiden Hälften der Schiebetüre des Haupteingangs zischend auseinander, und Karl betrat die Zentrale. Er warf einen kurzen Blick auf den Hauptbildschirm, der immer noch das symbolträchtige Bild des sowjetischen Panzers zeigte, der verformt aus den schwarzen Trümmern ragte. Zielstrebig schritt er auf die gemütliche Sitzgruppe zu. Ich erhob mich und reichte ihm meine Rechte. Mit einem Lächeln, das mir sofort signalisierte, dass er etwas auf dem Herzen hatte, schlug er ein.

»Ich schau mir die Aufnahmen unseres Atomschlages später an. Denn zuerst, Friedrich, müssen wir über den Englandfeldzug reden«, begann er, nachdem wir uns wieder gesetzt hatten. »Wenn wir nicht aufpassen, werden uns die Alliierten trotz unseres bevorstehenden Sieges empfindlich treffen.«

»Wie das?«

»Unsere Truppen sind erschöpft, der Nachschub erreicht unsere Panzerspitzen kaum noch. Wenn wir die weiter auf Liverpool vorstoßen lassen, besteht die Gefahr, dass sie von den zahlenmäßig weit überlegenen alliierten Truppen aufgerieben werden. Die wenigen Landkreuzer und die paar Panzer, deren Sprit bis Liverpool reicht, werden auf keinen Fall ausreichen, die Flucht der britisch-amerikanischen Armeen verhindern zu können. Folglich ist es sinnlos, sie einem derartigen Risiko auszusetzen.«

»Du hast unter zwei Bedingungen recht, mein Freund«, entgegnete ich und versuchte möglichst selbstbewusst zu lächeln. »Falls die Alliierten davon ausgehen, dass wir unsere Panzerspitzen nicht anhalten, werden sie Truppen mit schweren Waffen in den Außenbezirken Liverpools zurücklassen, mit denen unsere Spitzen dann tatsächlich nicht fertig werden könnten.

Diese Einschätzung des alliierten Oberkommandos wäre die erste Bedingung. Die zweite Bedingung wäre, dass die Briten und Amerikaner überhaupt in der Lage sind, in diesem Chaos eine geordnete Verteidigung zu organisieren, bei der die einzelnen Truppenteile auf taktischer Ebene zusammenarbeiten.« Ich gönnte mir eine kleine Pause, um meine Worte wirken zu lassen. Dann fuhr ich fort: »Ich bin davon überzeugt, dass beide Bedingungen nicht zutreffen. Die gegnerischen Kräfte, meines Wissens nach der Gefangennahme der britischen Regierung nun von dem Amerikaner Patton kommandiert, gehen mit Sicherheit davon aus, dass wir vor dem Hintergrund unseres bevorstehenden Sieges nichts mehr riskieren werden. Sie erwarten unseren Angriff auf Liverpool frühestens übermorgen. Doch dann ist das Gros ihrer Truppen längst über alle Berge beziehungsweise über das Meer auf dem Weg nach Irland und zum Teil wahrscheinlich nach Amerika. Schließlich können die sich denken, dass Irland auch nur noch für kurze Zeit sicher ist.

Um diese Evakuierung jedoch durchführen zu können, müssen sie ihre schweren Waffen zurücklassen. Nur so können sie möglichst viele Soldaten auf dem Seeweg in Sicherheit bringen – und Soldaten sind für die Alliierten wertvoller als Kriegsgerät, das sie in fast beliebigen Mengen herstellen können, wenn sich der Krieg länger hinzieht. Aus diesem Grund bin ich fest davon überzeugt, dass es das Dümmste wäre, was wir in der gegenwärtigen Situation tun könnten, wenn wir unsere Panzerspitzen anhielten. Sie werden auf einen Gegner treffen, der sich in heillosem Durcheinander im Hafen von Liverpool einschifft, wobei seine schweren Waffen irgendwo in der Gegend herumstehen. Deshalb werden unsere Panzerspitzen mit dem zahlenmäßig weit überlegenen, jedoch demotivierten und desorganisierten Gegner fertig werden. Der Kampfwert des Feindes befindet sich momentan auf einem absoluten Minimum. Genau das müssen wir ausnutzen. Falls es uns gelingt, die Evakuierung zu verhindern und die siebenhunderttausend Soldaten gefangen zu nehmen, wird Truman nichts anderes übrig bleiben, als nach unserer Pfeife zu tanzen.«

»Das muss er sowieso«, unterbrach mich Karl. »Schließlich können wir ihm mit dem Einsatz von Nuklearwaffen drohen. Stalingrad dürfte dem amerikanischen Präsidenten einen gehörigen Schock versetzt haben.«

»Er würde wissen, dass wir bluffen, weil ihm klar ist, dass wir diese Waffen niemals gegen Zivilisten einsetzen würden. Er mag uns hassen, aber für blutrünstige Barbaren hält er uns nicht. Nein, Karl, ein weiterer Grund für Amerikas Kapitulation wäre, wenn es uns gelänge, das Werk auf Kallisto zu erobern und den CFR so vollends aus dem Rennen zu drängen. House würde dann nur noch das relativ unbedeutende Werk auf Titan bleiben. Unsere Produktion an V-Waffen und der weitere Ausbau der Werke wären gesichert, während die Überreste der CFR-Truppen abgelegen auf Titan nichts mehr bewirken könnten. Truman bliebe nichts andere übrig, als sich mit uns zu arrangieren – erst recht, wenn wir siebenhunderttausend seiner Soldaten in Liverpool gefangen nähmen.«

Karl schaute mir nachdenklich in die Augen. Er schätzte mich einerseits sehr und war weit davon entfernt, meine Argumente einfach abzutun. Andererseits hatte er mit Marschall Dutraux telefoniert, der ihn eindringlich darum gebeten hatte, mich in Vorbereitung auf das für 15:00 Uhr anberaumte Telefonat davon zu überzeugen, dass der weitere Vorstoß der Panzerspitzen auf Liverpool ein Vabanquespiel wäre.

Vor diesem Hintergrund erläuterte mir Karl die Sachlage. »Friedrich, ich habe vor zwei Stunden mit Marschall Dutraux telefoniert. Er sieht eine Katastrophe auf uns zukommen, wenn wir unsere Truppen nicht anhalten. Er bat mich, bei dir ein gutes Wort für sein Vorhaben einzulegen. Falls du dich einfach darüber hinwegsetzt, stehe ich da, als hätte ich keinerlei Befehlsgewalt über die französischen Truppen und müsste mich dir bedingungslos unterordnen.«

Natürlich verstand ich die Bedenken Karls sehr gut. Ich war zwar offiziell der Oberkommandierende der Nordischen Streitkräfte, doch es wurde von den nationalen Verbänden nicht gerne gesehen, wenn das eigene Staatsoberhaupt von mir übergangen wurde. Bei allem Zusammenhalt innerhalb des Bundes gab es natürlich immer noch so etwas wie Nationalstolz – und das war auch gut so. Schließlich waren die Mitglieder des Bundes keine Vasallen des Deutschen Reiches, sondern souveräne Staaten, die sich aufgrund ihrer eng verwandten Kultur und zur Wahrung ihrer Freiheit zusammengeschlossen hatten. Vor diesem Hintergrund sagte ich:

»Mein lieber Freund, ich werde Dutraux in unserem Telefonat erklären, dass die letztendliche Entscheidung bei mir liegen muss, weil ich die Verantwortung für den Nordischen Bund trage. Doch als Oberhaupt des Nordischen Bundes werde ich mir seine Argumente anhören und versuchen, ihn zu überzeugen. Falls er danach immer noch der Meinung ist, die Panzerspitzen anhalten zu müssen, wird es mir äußerst schwer fallen, gegen den ausdrücklichen Rat eines Mannes wie Marschall Dutraux zu stimmen.«

Karl zog die Augenbrauen hoch und die Stirn kraus. »Da bin ich wirklich mal gespannt, wie Dutraux reagiert. Er ist mit Sicherheit kein rechthaberischer Starrkopf, doch wenn er von etwas überzeugt ist, dürfte es schwer sein, ihn umzustimmen.«

»Wir werden sehen …«

»Und was ist mit der zweiten großen ‚Baustelle': Kallisto?«

»Generalfeldmarschall von Dankenfels wartet bereits in meiner Privatbibliothek. Sobald wir hier fertig sind, begebe ich mich dorthin und bespreche mit ihm die weitere Vorgehensweise.«

»Mach das. Ich bleibe derweil hier unten und schaue mir die Aufklärungsergebnisse zur Wirkung unseres Atomschlages gegen Stalingrad an.«

*

Mein Gespräch mit dem Generalfeldmarschall fand in meiner Bibliothek statt, die Teil meiner privaten Räumlichkeiten im obersten Stockwerk des Kaiserpalastes war. Wir hatten es uns auf zwei Sesseln bequem gemacht, die mit hellblauem Samt überzogen waren. Vor uns stand ein kleines, nierenförmiges Glastischchen mit zwei halb gefüllten Gläsern Schottischen Whiskys.

Es kam höchstens einmal im Jahr vor, dass ich um diese Zeit – es war kurz vor 13:00 Uhr – Alkohol zu mir nahm. Doch dieses eine Glas war ein Genuss und trug zudem zur Beruhigung meiner Nerven bei. Ein wohlig-warmes Gefühl breitete sich nach dem ersten Schluck des milden Getränks in meiner Magengegend aus.

Es stand an diesem Tag zu viel auf dem Spiel. Da konnte ein wenig Entspannung wirklich nicht schaden.

Der Generalfeldmarschall saß mir schräg gegenüber. Er hatte seine Beine übereinandergeschlagen und sich gemütlich zurückgelehnt. In der Rechten hielt er sein Glas, das er kurz zuvor vom Tisch genommen hatte.

Wir unterhielten uns kurz über den hohen strategischen Wert des Werkes auf Kallisto und schwenkten dann zur Lage an der Ostfront. Von Dankenfels bestätigte dabei meine eigene Meinung dahingehend, dass Sowjetmarschall Tschernikow nichts anderes als die bedingungslose Kapitulation übrig blieb. Zum Thema »Vorstoß auf Liverpool« meinte der Generalfeldmarschall, dass es gefährlich sei, mit unzureichenden Kräften zu versuchen, die alliierten Truppen an der Flucht zu hindern. Ich entgegnete, dass wir dies auf jeden Fall riskieren mussten, wenn wir uns nicht eine deftige Portion der Früchte unseres Sieges nehmen lassen wollten.

Letztlich schätzte der Generalfeldmarschall die Situation ähnlich ein wie ich: Das alliierte Oberkommando würde nicht erwarten, dass wir ein derart großes Risiko eingehen. Folglich würden sie keine schwerbewaffneten Truppen zurücklassen, die uns vielleicht würden aufhalten können, sondern alles daran setzen, möglichst viele Soldaten in möglichst kurzer Zeit einzuschiffen.

»Hinzu kommt«, konstatierte von Dankenfels, der wohl beste Stratege des Reiches, »dass die alliierten Truppen demoralisiert sind. Falls sie uns vor Liverpool ernsthaften Widerstand entgegenbrächten, würde dies aus ihrer Sicht ohnehin nur eine kurze Verzögerung unseres Vormarsches bedeuten, weil wir in der Lage wären, frische Truppen an die Front zu werfen, die zuvor im Gegensatz zu ihren eigenen Soldaten noch nicht im Kampf gestanden haben. Sie würden also geschlagen werden, obwohl sie uns zuvor wahrscheinlich hohe Verluste zufügen würden. Was hätten sie damit erreicht? Tausende eigene Gefallene und einen ziemlich übel gelaunten nordischen Sieger.«

Ich nickte nur, denn zu diesem Thema gab es nichts Weiteres zu sagen. Mein Stellvertreter und ich waren uns einig. Deshalb brachte ich das Gespräch zurück auf das Thema Kallisto.

»Wir sind uns einig, dass wir Kallisto schnellstmöglich in unsere Hand bekommen müssen«, sagte ich. Was hat du geplant, und wann kann die Operation starten?«

Der Generalfeldmarschall strich sich mit der Rechten über seine fast schneeweiße Bürstenfrisur. Dabei lächelte er das sympathische Lächeln eines Jungen, der etwas ausgefressen hatte. »Zunächst zum zweiten Teil deiner Frage. Die 5. Raumlandebrigade wird noch heute zum Jupiter aufbrechen, falls du mit meiner Planung einverstanden bist.«

»Berichte!«

»Wie du weißt, gibt es neben Kallisto weitere Jupiter- und Saturnmonde, die unter einer Eiskruste über einen Ozean aus flüssigem Wasser verfügen. Um auf diesen Himmelskörpern Werke unterhalb der Eispanzer, also bestens gegen eine Entdeckung durch die Vegalier geschützt, errichten zu können, stellten wir eine kleine Flotte spezieller, auf V-Technologie basierender U-Boote her.

Wir nehmen vier dieser U-Boote mit auf die Reise. Jedes von ihnen kann zweihundertfünfzig Raumlandesoldaten transportieren. Wir setzen zwei dieser U-Boote mit einem Bataillon[5] in zweitausend Kilometern Entfernung vom Werk ab. Aus Sicht des CFR wird dies also weit hinter dem Horizont geschehen, weshalb sie nach menschlichem Ermessen von der Aktion nichts mitbekommen sollten.

Die übrigen zwei U-Boote halten wir mit einem weiteren Bataillon in Reserve, falls Major Rohwedder scheitern sollte.«

»Womit schon einmal geklärt wäre, wer den ersten Angriff führen soll«, unterbrach ich lächelnd, wusste ich doch, dass der Generalfeldmarschall den Major für den besten Bataillonskommandeur seiner Raumlandedivision hielt – eine Einschätzung, die ich übrigens teilte.

»Während sich Rohwedders U-Boote auf den Weg zum Werk machen, formieren wir unsere acht Kreuzer zu einem Scheinangriff auf den Einflugschacht des Werkes.«

»Einflugschacht?«

»Der Eispanzer ist zweihundert Kilometer dick. Unmittelbar über dem Werk existiert ein Schacht, der eisfrei gehalten wird und breit genug ist, um einen Kreuzer durchzulassen. Darüber erfolgt der Abtransport der Edelmetalle, und darüber wird auch die Versorgung des Werkes abgewickelt.«

»Apropos Versorgung. Können wir den CFR nicht einfach aushungern? Schließlich kommen die nicht mehr bis zur Erde durch, um sich Nahrungsmittel zu beschaffen.«

Hans von Dankenfels lachte trocken auf. »Nahrung können die im Werk genügend selbst erzeugen, um die Besatzung dauerhaft ernähren zu können. Sie sind also lediglich von In-

---

5 Ein Raumlandebataillon besteht aus fünfhundert Soldaten.

dustriegütern abgeschnitten, die sie selbst nicht produzieren können, was einfach nur bedeutet, dass dem weiteren Ausbau des Werkes durch den CFR Grenzen gesetzt sind. Aushungern funktioniert also nicht.

Wie dem auch sei. Der Einflugschacht ist mit starken Abwehrbatterien gespickt, weshalb ein frontaler Angriff – selbst mit acht Kreuzern – Selbstmord wäre. Wir werden also nur zum Schein angreifen, um die Besatzung des Werkes von Rohwedder abzulenken.«

»Und du meinst, er kann mit fünfhundert Soldaten das Werk erobern?«

»Falls sein Angriff einigermaßen überraschend für den CFR kommt, kann Rohwedder erfolgreich sein. Dazu müssen unsere Truppen allerdings perfekt koordiniert sein – und genau dafür ist der Major der richtige Mann.«

»Meinen Segen hast du«, sagte ich mit dem sicheren Wissen, dass dieser Plan wahrscheinlich die einzige Möglichkeit war, das perfekt geschützte und verborgene Werk zu erobern. Hinzu kam natürlich meine Überzeugung, dass es niemandem sonst gelingen würde, Werk Kallisto I zu erobern, falls es nicht genau diesen Männern gelingen sollte.

*

Um kurz vor 15:00 Uhr begab ich mich wieder in den Bunker, der mit dem vierten Untergeschoss des kaiserlichen Palastes begann. Der Generalfeldmarschall hatte sich bereits vor einer Stunde verabschiedet, um seine Vorbereitung zum Schlag gegen Kallisto abzuschließen.

In der Kommandozentrale erwartete mich König Karl VII., der es sich natürlich nicht nehmen lassen wollte, meinem Telefonat mit Marschall Dutraux beizuwohnen. Ich begab mich zur Sitzgruppe, auf der es sich der französische König bequem gemacht hatte.

Er trug eine hellblaue Uniform mit an den Seiten eingearbeiteten gelben Streifen. Als ich ihn erreichte, wollte er sich zu seinen zwei Metern Größe erheben. Seine grünen Augen drückten eine gewisse Spannung aus.

»Bleib sitzen, Karl!«, sagte ich, während ich meinerseits Platz nahm. »Förmlichkeiten können wir uns nun wahrlich schenken.«

»Es sind neue Aufnahmen von Stalingrad gekommen. Die Atompilze haben sich zum Großteil verzogen. Deshalb wird nun das ganze Ausmaß der Zerstörungen deutlich. Ich habe mir ein paar der Aufnahmen ausdrucken lassen.«

Es war eine weitere der unzähligen Segnungen der V-Technologie, dass man Bilder in Farbe ausdrucken konnte, ohne sie im konventionellen, umständlichen Verfahren entwickeln lassen zu müssen. Vor dem König lag ein Stapel jener Ausdrucke. Ich warf nur einen flüchtigen Blick auf die Bilder der totalen Zerstörung. Stalingrad und dessen Umgebung sahen aus, wie ich es mir anhand der ersten Aufnahmen bereits vorgestellt hatte. Ein mehr als fünfzig Kilometer langer und fünfzehn Kilometer breiter schwarzer Streifen zog sich durch die Landschaft, die im Osten durch die Wolga begrenzt wurde. An unzähligen Stellen stiegen schwarzbraune Rauchsäulen in die ebenfalls schwarzbraunen Wolken.

Der schwarze Streifen bestand aus verkohlten Gebäuderesten, aus denen in einiger Entfernung von den Detonationszentren vereinzelt die Gerippe besonders stabil errichteter Bauten trotzig emporragten. Anklagend zeigten verbrannte Bäume in den apokalyptischen Himmel, als einziger Hinweis darauf, dass dort einmal Leben existiert hatte.

Ein kalter Schauer jagte über meinen Rücken, als sich die ungeheuere Vernichtungskraft der Fusionswaffen in dieser zwar erwarteten, aber schonungslosen Wirklichkeit offenbarte.

Ich legte die Aufnahmen ohne Kommentar zur Seite und berichtete Karl von meinem Gespräch mit Generalfeldmarschall von Dankenfels.

Ich endete mit den Worten: »Unser Angriff auf Kallisto beginnt in wenigen Stunden, sobald die U-Boote an den Kreuzern verankert worden sind.«

»Wann wissen wir Bescheid, ob die Aktion ein Erfolg war?«

»Der Flug nach Kallisto dauert knapp zwölf Stunden. Anschließend müssen die U-Boote zweitausend Kilometer zurücklegen, was weitere vierzig Stunden in Anspruch nehmen wird. Die Nachrichtenübermittlung vom Jupiter zur Erde können wir vernachlässigen. Sie dauert nur eine Viertelstunde. Je nachdem, wie lange die Kämpfe um das Werk andauern, erfahren wir den Erfolg oder Misserfolg unseres Angriffes in frühestens zweiundfünfzig Stunden.«

»Verdammt! Warten liegt mir weiß Gott nicht.«

»Mir auch nicht. Aber uns bleibt wohl nichts anderes übrig.«

Mit einem kurzen Blick auf meine Armbanduhr stellte ich fest, dass es Zeit war, sich zu einem der Kommunikationspulte zu begeben. Ich erhob mich und bedeutete dem König, mir zu folgen. Der Funkoffizier nahm seinen Blick von einem Flachbildschirm, als er uns aus den Augenwinkeln kommen sah, und erhob sich. Er trug die typische schwarze Uniform der Kastrup mit den Rangabzeichen eines Leutnants. Mit einem Meter und neunzig war er etwas größer als der Durchschnitt. Mit ein wenig nervös funkelnden braunen Augen salutierte er vor uns, worauf der König und ich lässig zurückgrüßten.

»Bitte stellen Sie eine Verbindung zu Generalfeldmarschall Dutraux her«, befahl ich mit ruhiger, sanfter Stimme, um den nach meiner Schätzung zwanzig- bis fünfundzwanzigjährigen Leutnant nicht weiter zu beunruhigen. Mir schien, ihm war es nicht ganz geheuer, direkt mit dem französischen König und mir umzugehen. Wahrscheinlich hatte er die unbegründete Angst, etwas falsch zu machen und sich zu blamieren.

Der Funkoffizier nahm etwas umständlich Platz, setzte seinen Kopfhörer mit integriertem Mikrophon auf und ließ seine Finger über den berührungsempfindlichen Bildschirm gleiten. Dabei legte er eine Sicherheit an den Tag, die seine zuvor offenbarte Nervosität noch irrationaler erscheinen ließ. Fünf Sekunden später hatte er die Rufnummer Dutraux' auf dem Schirm und ließ den Kommunikationsrechner die Satellitenverbindung aufbauen. Kurz darauf sprach er in das Mikrophon seines Kopfhörers:

»Leutnant Janssen hier. Kaiserliche Kommandozentrale Berlin. Bitte geben Sie mir Generalfeldmarschall Dutraux.«

»Stellen Sie das Gespräch auf Lautsprecher, sobald sie den Marschall am Apparat haben.«

»Jawohl, Majestät!«, kam die Antwort nun schon erheblich selbstsicherer.

Kurz darauf berührte der Leutnant erneut den Bildschirm an einer bestimmten Stelle und setzte seinen Kopfhörer ab. »Das Mikrophon und die Lautsprecher sind in dem Pult integriert«, klärte er uns auf. Schließlich konnte er nicht wissen, dass sowohl der König als auch ich sehr wohl mit den Produkten der V-Technologie vertraut waren. Kaum hatte er geendet, hörten wir die Stimme des Marschalls aus den versteckten Lautsprechern des Kommunikationspultes in ausgezeichneter Tonqualität.

»Generalfeldmarschall Dutraux hier!«

»Kaiser Friedrich.«

»König Karl.«

Der Kommunikationsoffizier erhob sich derweil und stellte sich hinter den König und mich.

»Seine Majestät, König Karl, berichtete mir, dass Sie ein Gespräch über die offensichtlich geplante Absetzoperation der Alliierten mit mir zu führen wünschen.«

»Das ist richtig, mein Kaiser«, kam es glasklar aus den Lautsprechern. »Die Panzerspitzen der 7. Französischen und der 7. Skandinavischen Panzerarmee stehen nur noch zwanzig Kilometer vor Liverpool. Es handelt sich jedoch um abgekämpfte Verbände, deren Landkreuzer die Panzer und Mannschaftswagen aus Spritmangel zum Teil hinter sich her ziehen.

Ich empfehle dringend, dass wir diese vorausgepreschten Verbände nun anhalten, um auf das Nachrücken des Gros' unserer Truppen einschließlich des Nachschubs zu warten. Spätestens morgen um diese Zeit dürften wir uns zum Angriff formiert haben und können dann mit geballter Kraft gegen Liverpool losschlagen.«

»Soweit ich weiß, ist die Operation ‚Dynamo' bereits im Gange«, entgegnete ich. »Wenn wir einen Tag verstreichen lassen, ist das Gros der amerikanischen und britischen Truppen bereits entkommen. Die Gefangennahme dieser alliierten Armeen würde für uns jedoch ein gewichtiges Faustpfand sein, den Krieg im Westen ebenfalls schnell zu beenden.«

»Ich verstehe, was ...« Ein fürchterliches Donnergrollen verschluckte die Worte des Marschalls. Nachdem es abgeebbt war, begann er von Neuem: »Entschuldigung. Der Kanonier meines Landkreuzers hat offensichtlich ein Ziel ausgemacht.

Ich verstehe, was für ein überwältigender Erfolg die Gefangennahme der gegnerischen Truppen wäre. Doch unsere Panzerspitzen sind für dieses Vorhaben zu schwach. Es besteht die Gefahr, dass sie aufgerieben werden, falls uns der Gegner entschlossenen Widerstand leistet.«

»Und genau dies wird er nicht tun«, sagte ich mit ruhiger Stimme und zählte anschließend meine Argumente auf. Dabei ließ ich die Anmerkungen von Dankenfels' bezüglich seiner Einschätzung der Sicht des alliierten Oberkommandos nicht unerwähnt. Ich endete mit den Worten: »General Patton weiß, dass er uns ohnehin nicht lange aufhalten kann. Um dies zu tun, müsste er reichlich Truppen bei den schweren Waffen belassen, die dann im Zuge der bevorstehenden Kämpfe nicht mehr evakuiert werden könnten. Sie wären für ihn also endgültig verloren. Er kann gar nicht anders, als alles auf eine Karte zu setzen und möglichst viele seiner Soldaten in kürzester Zeit auf den Schiffen in Sicherheit zu bringen. Deshalb wird er keinen entschlossenen Widerstand leisten können – ganz davon abgesehen, dass seine Soldaten in höchstem Maße durch unsere bisherigen Erfolge demoralisiert sind. Jeder von ihnen weiß, dass England aus alliierter Sicht verloren ist.«

Ein paar Sekunden herrschte Stille am anderen Ende der Leitung. Dann kam die Entgegnung des Marschalls zunächst zögerlich, dann wurde seine Stimme fester: »Ich gebe zu, dass ihre Überlegungen schlüssig sind, Majestät. Doch falls Sie sich irren, könnte uns das tausende von Toten und zehntausende Verwundete kosten. Sind sie bereit, die Verantwortung zu übernehmen, falls uns die Alliierten mit überlegenen Verbänden empfangen?«

»Selbstverständlich übernehme ich in einem solchen Fall die Verantwortung und werde das Oberkommando darüber informieren, dass ich es war, der Sie dazu drängte, weiter auf Liverpool vorzustoßen. Wie viele Männer können Sie noch heute ins Feld führen?«

»Knapp vierzigtausend Mann. Zweihundertfünfzig Panzer, darunter zwölf Landkreuzer«, entgegnete der Marschall lakonisch.

»Das wird reichen. Schließlich handelt es sich um Eliteverbände. Wie gesagt, ich übernehme die uneingeschränkte Verantwortung für den sofortigen Vorstoß auf Liverpool. Außerdem werde ich dafür sorgen, dass die Luftwaffe die letzten Reserven mobilisiert, um die Reste der Royal und US Air Force aus dem Luftraum über Liverpool zu vertreiben. Wenn alles glatt geht, werden wir noch während Ihres Angriffs mit massiven Bombardements der Evakuierungsflotte beginnen können.«

»Ich werde sofort die entsprechenden Befehle geben und alles in meiner Macht Stehende dafür tun, dass die Operation ‚Dynamo' scheitert. Ansonsten bleibt mir nur noch zu sagen: Gott mit uns!«

Es lief mir kalt den Rücken herunter, einen französischen Marschall den Wahlspruch des Deutschen Heeres sagen zu hören.

Ende des Auszugs

*

Schweiß stand dem Marschall auf der Stirn, als die Satellitenverbindung beendet wurde. Er konnte den Kaiser einerseits gut verstehen, der aus dem Sieg über England unbedingt einen totalen Sieg machen wollte, um den Krieg schnell zu beenden. Andererseits war das Risiko gewaltig. Mit vierzigtausend Soldaten und wenigen hundert Panzern mehrere, insgesamt siebenhunderttausend Mann starke alliierte Armeen angreifen zu wollen, grenzte schon fast an eine Unverschämtheit. So demoralisiert der Gegner auch sein mochte, wenn er auch nur einen halbwegs organisierten Widerstand auf die Beine stellte, würden die nordischen Panzerspitzen ohne Chance sein.

Doch Kriege wurden oftmals durch genau solche Unverschämtheiten gewonnen, gestand sich der Marschall ein.

Auf dem Gefechtsbildschirm überprüfte er die Positionen der Bataillone und Landkreuzer, die er in die Schlacht werfen konnte. Sie bildeten einen Viertelkreis um die Stadtgrenzen Liverpools, mit einem Radius von etwas mehr als zwanzig Kilometern. Diese beweglichen Verbände würden schnell verlegt werden können, falls es beim weiteren Vormarsch an einer Stelle zum Kontakt zu überlegenen Feindkräften kommen sollte.

Dutraux erhob sich vom Kommunikationspult des Landkreuzers und machte dem Funkoffizier Platz, der sofort seinen Platz einnahm. Der Marschall ließ ihn eine verschlüsselte Nachricht absetzen, die sämtliche Kommandeure vom Major aufwärts drüber informierte, dass er in fünf Minuten zu ihnen sprechen würde.

In seiner üblichen Pose, mit leicht gespreizten Beinen und auf dem Rücken gefalteten Händen positionierte er sich in der Mitte der Zentrale und beobachtete die Bildschirme. Der Landkreuzer bewegte sich über Felder mit vereinzelten Höfen. Auf drei und zehn Uhr lagen kleinere Dörfer, die verlassen wirkten. Soweit ihm die Aufklärung berichtet hatte, war die Gegend nicht von Zivilisten evakuiert worden. Wahrscheinlich hockten sie in ihren Kellern und hofften darauf, dass die nordischen Truppen doch nicht jene blutrünstigen Wikinger waren, wie von der britischen Propaganda verbreitet.

Nachdem die fünf Minuten verstrichen waren und sicherlich jeder Kommandeur der Panzerspitzen vor einem Funkgerät hockte, begann der Marschall mit ruhiger Stimme zu sprechen.

»Wir beginnen ab sofort unseren Vormarsch auf den Hafen von Liverpool. Umgehen Sie die Stadt an ihrer Peripherie, und stoßen Sie dann in unmittelbarer Küstennähe auf den Hafen vor. Ziel unseres Vorstoßes ist es, die alliierten Truppen von den Schiffen abzuschneiden und lange genug auszuharren, bis das Gros unserer Truppen eintrifft.« Er legte eine kleine Pause ein, weil er sich denken konnte, dass seine Worte zunächst einmal verdaut werden mussten. Schließlich war jedem seiner Kommandeure bekannt, dass sich in der Stadt eine zahlenmäßig fast zwanzigfache Übermacht aufhielt.

»Laut Aufklärung haben die Alliierten ein Pontonbrücke über den Mersey errichtet und zwar an einer Stelle, an der der Fluss vergleichsweise schmal ist, aber immer noch einen knappen Kilometer von Ufer zu Ufer misst. Es ist von großer Bedeutung, dass die Verbände der 7. Skandinavischen das östliche Ende der Brücke sichern, während die Einheiten der 7. Französischen das westliche Ende erreichen und halten müssen. Auf diese Weise verhindern wir den Austausch alliierter Truppen über den Mersey und können andererseits unsere eigenen Verbände von Liverpool am Ostufer nach Birkenhead und umgekehrt verlegen.«

Erneut ließ der Marschall seine Worte kurz wirken, bevor er fortfuhr: »Der Entschluss, diesen Angriff sofort durchzuführen, wurde von mir nach Abwägung aller Eventualitäten und nach einem eingehenden Gespräch mit Kaiser Friedrich und König Karl getroffen. Ich bin fest davon überzeugt, dass wir den Gegner auf dem falschen Fuß erwischen werden und so hier und heute den Westalliierten die größte Niederlage in ihrer Geschichte beibringen werden. Sie, meine Herren, werden den Nordischen Bund in diesem historischen Moment zum endgültigen Sieger dieses uns aufgezwungenen Krieges machen.«

Der Marschall ließ den Funkoffizier den Rundruf beenden. Es gab nichts weiter zu sagen. Jetzt mussten Taten folgen, die so oder so in die Geschichte eingehen würden.

In Gedanken versunken beobachtete Dutraux weiter die vorbeigleitende Landschaft. Der Landkreuzer war auf dem Weg nach Birkenhead, jener britischen Hafenstadt am westlichen Ufer des Flusses Mersey, die Liverpool am östlichen Ufer unmittelbar gegenüber lag.

Plötzlich hallte die Stimme des Ortungsoffiziers durch den Gigantpanzer.

»Fliegeralarm!«

Der Marschall wandte sich dem Bildschirm der Luftüberwachung zu. Er erkannte sechs im Licht der Nachmittagssonne silbrig schimmernde Punkte, die sich schnell näherten. Kurz darauf begannen die acht doppelläufigen 2-cm-Flakgeschütze des Landkreuzers ihr rhythmisches Stakkato. Die beiden Silos der Flugabwehrraketen öffneten sich. Unmittelbar darauf schossen zwei Raketen, feurige Bahnen hinter sich herziehend, auf den Gegner zu. Fünf Sekunden später standen zwei Explosionswolken am Himmel, die langsam zerfaserten, während die vier übrigen Maschinen zum Angriff auf den Landkreuzer ansetzten. Einem der Düsenflugzeuge wurde von den Flakgeschossen die linke Tragfläche abgerissen. Sich wild überschlagend trudelte die Maschine dem Boden entgegen und krachte in die Außenbezirke von Birkenhead. Eine weitere Maschine zog eine dunkle Rauchfahne hinter sich her und drehte ab.

Die beiden verbliebenen Jagdbomber setzten ihren Anflug jedoch unbeirrt fort. Sie rasten auf den Landkreuzer zu, der ihnen eine zweite Welle Raketen entgegenschickte. Noch bevor sie einschlugen, löste sich von der Unterseite eines der Flugzeuge ein kleiner schwarzer Punkt, unmittelbar darauf katapultierte sich der Pilot mit dem Schleudersitz hinaus, einen Sekundenbruchteil später verwandelte die Rakete die Maschine in einen Feuerball. Der schwarze Punkt schoss jedoch auf den Stahlkoloss zu, während die zweite Rakete das letzte der britischen oder amerikanischen Flugzeuge vernichtete.

Wenige Meter vor dem Bug des Landkreuzers schlug die ausgeklinkte Bombe ein. Der Frontbildschirm zeigte nichts als eine Wand aus Erde und Glut, die vor dem Stahlgiganten aufwuchs. Gleichzeitig ging ein Ruck durch den Riesenpanzer, als hätte ein Riese mit einem gigantischen Vorschlaghammer auf die Panzerung eingeprügelt. Die Erschütterung war so stark, dass Dutraux beinahe von den Beinen geholt wurde. Nur mit Mühe konnte er sich aufrecht halten.

Wird Zeit, dass die vom Kaiser versprochene Luftunterstützung eintrifft, dachte der Marschall verbittert.

Er ließ kurz anhalten, um die angehängten Panzer und Mannschaftswagen abkoppeln zu lassen. Für die verbliebenen Kilometer bis zum Hafen von Birkenhead würde das Benzin der Fahrzeuge sicherlich reichen. Jetzt kam es auf die Beweglichkeit jeder einzelnen Einheit an.

Die übrigen fünf Landkreuzer der 7. Französischen schlossen nun dicht auf. Eine Viertelstunde später setzten sie sich mit einhundertfünfzig Panzern und knapp zwanzigtausend Mann in Mannschaftswagen in Bewegung, um entlang dem Ostufer des Mersey nach Birkenhead hinein vorzustoßen.

Sobald das Ufer erreicht war, sah der Marschall auf dem Hauptbildschirm eine unüberschaubare Zahl von Booten, Frachtschiffen und etwas weiter in der Richtung des offenen Meeres mehrere Kriegsschiffe. Die Landkreuzer nahmen sofort die vom Westufer aus gut einsehbaren Hafenanlagen Liverpools und die Kriegsschiffe unter Beschuss. Kaimauern barsten, und die ersten Schiffe der Invasionsflotte zerplatzten förmlich beim Einschlag der schweren 38-cm-Granaten.

Als wäre das Feuer der Stahlkolosse ein Startzeichen gewesen, tauchten mehrere Dutzend alliierte Flieger über den beiden Hafenstädten auf. Sie kamen vom Meer, woraus der Marschall schloss, dass sie von einem oder mehreren Flugzeugträgern aus gestartet waren. Möglicherweise kamen sie auch aus Irland, dessen Flugplätze bisher von der nordischen Luftwaffe weitgehend verschont geblieben waren.

Dann erkannte Dutraux den Grund für das plötzliche Auftauchen der alliierten Kampfflugzeuge. Von Osten her schossen mindestens dreimal so viele Flugzeuge der nordischen Luftwaffe heran, durch ihre Nurflügler-Form unschwer als solche zu erkennen.

Es folgte eine kurze, aber umso heftigere Luftschlacht, bei der die Alliierten nicht den Hauch einer Chance hatten. Die feurigen Bahnen der Luft-Luft-Raketen erzeugten ein abstraktes Muster am Himmel. An den Endpunkten dieser Bahnen standen die Glutbälle zumeist britischer oder amerikanischer Maschinen, die im Sekundentakt detoniert waren.

Noch bevor die Luftschlacht ihr Ende fand, raste eine zweite Welle von Kampfflugzeugen heran. Es handelte sich um ein Gemisch aus Nurflüglern und den im Vergleich altertümlichen Henschel HS 132.

Mit heulenden Sirenen stürzten sich letztere auf die Kriegsschiffe, während die Horten im Tiefflug auf die Kriegsschiffe in der Mündung des Mersey zuschossen.

Deutlich sah der Marschall, wie sie ihre Torpedos ausklinkten, die unmittelbar darauf Wasserfontänen werfend im Meer verschwanden.

Wütendes Flakfeuer der Kriegsschiffe brandete den deutschen Maschinen entgegen. Die Luft war erfüllt von Hunderten kleinen, schwarzen Explosionswolken. Zwei Henschel und eine Horten trudelten getroffen dem Fluss entgegen. Die Besatzungen stiegen aus und vertrauten sich ihren Fallschirmen an. Unmittelbar darauf landeten der Pilot der tief fliegenden Horten und sein Schütze im Fluss.

Dann schlugen die Torpedos ein. Glühende Feuersäulen schossen aus den Leibern von fünf getroffenen Zerstörern und zwei Kreuzern. Derweil konzentrierten sich die Landkreuzer auf zwei weitere Kriegsschiffe. Sie wurden von zwei Dutzend 38-cm-Granaten getroffen, bevor sie selbst den ersten Schuss abgeben konnten. Der eine Pott legte sich auf die rechte Seite, während der andere in der Mitte auseinanderbrach.

Eine zweite Welle britischer Jagdflugzeuge traf vom Meer kommend ein. Erneut entbrannte eine intensive Luftschlacht mit den nordischen Jägern. Der Himmel war voll explodierender Flakgeschosse, glühender Raketenbahnen und der gelblich weißen Ketten von Leuchtspurgeschossen.

Bereits nach zwei Minuten waren die alliierten Maschinen, die mit dem Mut der Verzweiflung in Unterzahl und technisch deutlich unterlegen angegriffen hatten, bis auf fünf Jagdflugzeuge dezimiert. Die Sinnlosigkeit ihres Tuns einsehend, drehten diese ab.

Dutraux befahl, das Feuer nun auf die Evakuierungsboote zu konzentrieren, während die Landkreuzer der 7. Französischen am Westufer und die der 7. Skandinavischen am Ostufer mit ihren Panzern und Grenadieren immer weiter vorstießen.

Sie passierten Hunderte von Panzern, Lastwagen, Halbkettenfahrzeugen und Geschützen, die am Ufer des Mersey abgestellt worden waren. Auffallend waren die sechs überschweren Jagdpanzer, die mit ihren starr verbauten 38-cm-Kanonen sogar den Landkreuzern hätten gefährlich werden können.

Der Hauptbildschirm zeigte das blanke Chaos, das auf den Docks ausgebrochen war. Während die Boote unter dem Beschuss der Landkreuzer und den wütenden Angriffen der sich mit Sirenengeheul herabstürzenden Stukas explodierten, rannten Zehntausende alliierte Soldaten weg von den beiden gegenüberliegenden Häfen, hinein in die schützenden Städte.

Eilig versuchten die Schiffe, dem Inferno zu entkommen, indem sie auf das offene Meer zusteuerten.

Zwanzig Minuten später erreichte der Landkreuzer des Marschalls als erster die Westseite der Pontonbrücke in der Nähe des Kingsway, ohne auf irgendwelchen Widerstand gestoßen zu sein. Dutraux konnte es selbst nicht fassen, ohne Verluste bis hierher vorgestoßen zu sein. Der Landkreuzer blieb auf der Uferstraße in unmittelbarer Nähe der unter Umständen noch wertvollen Brücke einfach stehen und richtete seine Kanonen drohend in die Richtung der Hafengebäude Birkenheads aus. Weitere Landkreuzer und Dutzende Panzer positionierten sich, um unvermittelt zwischen den Bauten hervorstürmende alliierte Truppen unter Feuer nehmen zu können.

Doch nichts geschah. Die Grenadiere sprangen von ihren Mannschaftswagen und besetzten die unmittelbar am Ufer gelegenen Hafengebäude, erneut ohne auf den geringsten Widerstand zu stoßen. Die alliierten Truppen schienen in heller Panik weiter ins Innere der Stadt geflohen zu sein.

Dutraux ließ eine Verbindung zu Generalfeldmarschall Larsen herstellen, als auf der Ostseite der Pontonbrücke der erste Landkreuzer erschien.

»Wir sind hier auf keinerlei Widerstand gestoßen, begann der Franzose.«

»Ein Dutzend britischer Panzer hat uns ein kurzes Gefecht geliefert, dann sind sie in den Straßen Liverpools verschwunden«, entgegnete Larsen. »Ansonsten hat uns niemand behelligt.«

»Dann hoffen wir mal, dass da auch so bleibt, bis das Gros unserer Armeen hier eintrifft.«

»Die Tommys und Yankees haben keine schweren Waffen mehr. An beiden Ufern des Mersey steht genug verlassenes Kriegsgerät, um damit Afrika zu erobern.« Mit einem trockenen, von einer gewissen Erleichterung geprägten Lachen unterbrach sich Larsen. »Womit sollen die uns jetzt noch gefährlich werden? Nein, wir haben hoch gepokert und den Gegner mit heruntergelassenen Hosen erwischt. Ich bin mir sicher, dass die sich unseren nachfolgenden Verbänden sofort ergeben werden, ohne Widerstand zu leisten.«

Dutraux kam die ganze Situation in höchstem Maße unwirklich vor. Mit Verbänden, die gerade einmal die Stärke von zwei Divisionen hatten, war es gelungen, siebenhunderttausend Mann von den Ufern des Mersey zu vertreiben, wobei sie ganz offensichtlich nicht mehr zu einem Gegenangriff auf den zahlenmäßig fast zwanzigfach schwächeren Feind in der Lage waren.

Ein Gefühl tiefsten Respekts vor dem Kaiser durchlief den Körper des Marschalls wie ein wohliger Schauer. Friedrich schien die Situation tatsächlich vollkommen richtig eingeschätzt und die goldrichtigen Maßnahmen daraus abgeleitet zu haben.

Im Allgemeinen schätzte es der höchste französische Soldat nicht, wenn sich Regierende in militärische Entscheidungen einmischten. Doch im Falle des deutschen Kaisers lagen die Dinge anders. Dutraux war nun fest davon überzeugt, dass Friedrich einer jener großen Herrscher war, wie sie nur alle zehn bis zwanzig Generationen geboren wurden.

*

Die Erleichterung in den Gesichtern seiner britischen und amerikanischen Kommandeure war nicht zu übersehen gewesen, als General Patton ihnen den Befehl gegeben hatte, die Truppen schnellstmöglich zu evakuieren. Unmittelbar, nachdem er sie entlassen hatte, waren sie aus dem Gebäude der Walker Art Gallery gestürmt, um ihren Verbänden die entsprechenden Befehle zu geben. Keiner von ihnen war auf einen harten, verlustreichen Abwehrkampf gegen die deutschen Truppen erpicht, den sie ohnehin nicht gewinnen konnten.

Bereits im Vorfeld hatte Patton alles rekrutieren lassen, was sich über Wasser halten und mehr als fünf Mann transportieren konnte. Die britische Bevölkerung hatte sich dabei als sehr kooperativ erwiesen – nicht zuletzt wegen der Schauergeschichten über furchtbare Greueltaten, die von nordischen Soldaten angeblich an britischen Zivilisten begangen worden waren.

Der General konnte über diese Geschichten nur lächeln. Er hielt die Deutschen und ihre Verbündeten für Kulturvölker, die einen wesentlichen Anteil daran hatten, dass die Menschheit von Aberglauben, Folter und Unterdrückung befreit worden war. Wäre er in Frankreich oder Deutschland geboren worden – er war Anhänger der Reinkarnationstheorie und glaubte ein früheres Leben in Frankreich verbracht zu haben – würde er nun nach seiner festen Überzeugung auf der anderen Seite kämpfen. Doch er war als Amerikaner geboren und fest entschlossen, seinem Vaterland gegenüber seine Pflicht zu erfüllen. Und nach der Gefangennahme der britischen Regierung durch die sagenumwobenen Spezialkräfte der Kastrup wurde das britische Empire übergangsweise von Washington aus regiert. England war zu amerikanischem Territorium geworden.

Seine Pflichterfüllung ging jedoch nicht so weit, gute Soldaten einfach sinnlos zu verheizen. Genau dies hätte er seiner Meinung nach getan, wenn er die Verteidigung der Städte Birkenhead und Liverpool mit allen Mitteln befohlen hätte. Natürlich hätte er in diesem Falle die Spitzen der nordischen Truppen aufhalten und ihnen schwere Verluste zufügen können. Doch zu welchem Preis? Die demoralisierten alliierten Soldaten hätten in ihren Stellungen gehockt, um den Gegner mit schweren Waffen zu traktieren, anstatt auf dem Seeweg in Sicherheit gebracht zu werden. Die Folge wären ebenfalls hohe Verluste auf alliierter Seite und ein erzürnter Gegner gewesen, der im Falle einer rücksichtslosen Verteidigung der beiden Städte mit dem Gros seiner Truppen dann ebenso rücksichtslos angegriffen hätte. Ein Massaker wäre die Folge gewesen, und diejenigen, die dies überlebt hätten, wären in Gefangenschaft geraten.

Es lag jedoch auf der Hand, dass die Alliierten diese siebenhunderttausend Soldaten für zukünftige Operationen brauchen würden. Es handelte sich um kampferfahrene Verbände, die, sobald sie das Trauma der Niederlage in England verkraftet hatten, das Rückgrat der angloamerikanischen Truppen bilden würden. Die oberste Priorität war es demnach, diese wertvollen Truppen in Sicherheit zu bringen.

Natürlich war es Patton bewusst, dass er damit ein Risiko einging. Würden die nordischen Panzerspitzen nicht halten, so bestand die große Gefahr, dass sie die Evakuierung der alliierten Verbände im letzten Moment verhindern konnten. Doch wäre man dadurch im Vergleich zur Verteidigung mit allen Mitteln verloren? Die Soldaten würden in Gefangenschaft geraten – aber sie würden leben. Diese Möglichkeit war einem Massensterben auf jeden Fall vorzuziehen, wobei Letzteres im Falle entschlossenen Widerstands sicher war, das Scheitern der Evakuierung allerdings nicht.

Patton schätzte die Wahrscheinlichkeit als hinreichend hoch ein, dass das nordische Oberkommando nach dessen Sieg in England kein Risiko eingehen würde und die Panzerspitzen anhalten würde. Bei einem um einen oder zwei Tage verzögerten Angriff mit der geballten Kraft der beiden nordischen Armeen würden praktisch alle alliierten Soldaten bereits in Sicherheit sein. Liverpool und Birkenhead würden kampflos fallen. Andererseits – wenn er, Patton, der Oberbefehlshaber der nordischen Streitkräfte wäre, würde er sich diese Gelegenheit, durch die Gefangennahme von siebenhunderttausend Soldaten den Gegner zum Frieden zu zwingen, nicht entgehen lassen. Er würde den ungebremsten Vormarsch der vorgezogenen, schnellen Panzerverbände befehlen.

Mit einer Gelassenheit, die ihn selbst wunderte, verbrachte der General seine Zeit damit, einzelne Aktionen zu koordinieren und die Reihenfolge festzulegen, in der die Verbände auf die Schiffe aufgeteilt wurden. Ihm war klar, dass die Panzerspitzen des Gegners in ein, spätestens zwei Stunden eintreffen mussten, falls ihnen tatsächlich der Vormarsch befohlen worden war. Trotzdem verspürte Patton nicht das geringste Anzeichen von Nervosität. Er hatte seine Entscheidungen getroffen und war fest davon überzeugt, das Richtige getan zu haben. Selbst wenn er *gewusst* hätte, dass die Nordischen ihren Vormarsch nicht stoppen würden, hätten seine Befehle nicht anders gelautet. Tief in seinem Innern empfand er den Krieg der Alliierten gegen den Nordischen Bund als ein Unrecht, das im Erfolgsfalle höchstens einer kleinen Clique mächtiger Bankiers nützen würde. Er war nicht bereit, für diese der nackten Habgier geschuldeten Ziele hunderttausende ehrliche Männer in den Tod zu schicken.

Als schließlich ein Offizier in die Walkers Art Gallery, das provisorische Kommandozentrum Pattons, gestürmt kam und meldete, dass starke gegnerische Panzerverbände entlang beiden Ufern des Mersey nach Norden vorstießen, stahl sich ein kaum wahrnehmbares Lächeln auf Pattons Lippen. Der nordische Oberkommandierende dachte also genauso wie er.

Der General begab sich zum Funkgerät und gab die Meldung weiter an den First Sea Lord, der mit zwei britischen und einem amerikanischen Flugzeugträger in der irischen See kreuzte. Die Träger brachten umgehend alles in die Luft, was nach den Luftkämpfen der vergangenen Wochen noch übrig geblieben war – aus der Sicht des Generals ein unsinniges Unterfangen.

Patton gab den Befehl, sich in die Innenstädte zurückzuziehen, sobald die nordischen Panzerspitzen auftauchten. Durch diesen Befehl legitimierte er, was ohnehin passieren würde: Die demoralisierten Soldaten würden ohne ihre schweren Waffen keine Chance sehen, dem Gegner ernsthaften Widerstand zu leisten, und fliehen, so lange sie noch konnten. Der

General machte aus der unweigerlichen Flucht der Soldaten einen Befehl, um ihre Ehre zu bewahren.

Das gleichmäßige Rattern von Flakkanonen wurde immer mehr ergänzt durch den Mündungsknall schwerer Geschütze und die Detonationen von Bomben und Granaten. Der General sah keine Veranlassung, sein Hauptquartier inmitten der Kunstwerke zu verlassen. Alle Befehle waren gegeben, nun sollten die Dinge ihren Lauf nehmen. Er würde in der Galerie warten, bis die nordischen Truppen eintrafen, denen er zuvor die Kapitulation anbieten würde.

*

»Ich habe General Patton in der ‚Leitung'«, brüllte der Funkoffizier. Der Jubel der Soldaten in der Zentrale des Landkreuzers dokumentierte, dass jeder von ihnen wusste, was dies bedeutete.

Marschall Dutraux begab sich zum Kommunikationspult, wo ihm der Funker bereitwillig Platz machte. Er setzte den Kopfhörer auf und nannte seinen Namen und Dienstgrad.

»General Patton hier!«, kam es aus den Lautsprechern des Kopfhörers in deutscher Sprache. »Ich ersuche um die Einstellung der Kampfhandlungen und biete ihnen die Kapitulation an.«

»Ich nehme Ihr Angebot an, General«, sagte Dutraux um den Formalitäten genüge zu tun.

»Sie finden meinen Stab und mich in der ‚Walker Art Gallery'. Ich nehme an, Sie verfügen über einen Stadtplan Liverpools?«

»Selbstverständlich! Ich werde am morgigen Vormittag bei Ihnen eintreffen. Bitte befehlen Sie Ihren Soldaten, sich in der Zwischenzeit zu entwaffnen.« Dutraux wollte keinerlei Risiko eingehen, indem er mit nur vierzigtausend Soldaten in die beiden Städte eindrang, um siebenhunderttausend Amerikaner und Briten gefangen zu nehmen. Morgen früh würde der Großteil der 7. Französischen und der 7. Skandinavischen eintreffen, um sich der alliierten Soldaten anzunehmen.

*

Es war die ruhigste Nacht seit langem. Kein einziger Schuss fiel. Die Soldaten beider Seiten hatten endlich einmal Gelegenheit, Ruhe zu finden.

Im Morgengrauen gab der Marschall die Befehle an die herannahenden nordischen Verbände, in die beiden Städte einzudringen und die gegnerischen Soldaten gefangen zu nehmen. Er selbst stieg auf einen Mauspanzer um, weil sein Landkreuzer in der Liverpooler Innenstadt erheblichen Schaden angerichtet hätte, und fuhr in Begleitung von fünf Mannschaftswagen und zwölf Tigern zur Walker Art Gallery. An den Straßenrändern waren Berge aus Karabinern, Maschinenpistolen und Panzerfäusten aufgetürmt worden. Die britischen Soldaten befanden sich zum Großteil noch in den Gebäuden der Stadt. Die wenigen, die der Marschall zu Gesicht bekam, blickten ängstlich zu der vorbeirollenden Panzerkolonne, als befürchteten sie, dass man das Feuer auf sie eröffnete. Die britische Propaganda schien ganze Arbeit geleistet zu haben.

Vor dem Gebäude der Kunstgalerie wartete bereits Patton. Er war in eine olivgrüne Uniform mit schwarzen Stiefeln gekleidet und trug eine ebenfalls grüne Weste. Sein Kopf wurde von einem Stahlhelm bedeckt. Hinter ihm hatten sich die Offiziere seines Stabes versammelt.

Der Marschall stieg aus der Turmluke des schweren Panzers und begab sich mit einem Dutzend Offiziere zu den Wartenden.

Patton und Dutraux salutierten zeitgleich und reichten sich anschließend die Hände.

»Mir bleibt nichts übrig, als Ihnen zu Ihrem herausragenden Erfolg zu gratulieren«, sagte der Amerikaner und ließ seinen

Blick in die Runde der Schwarzuniformierten wandern. *Diese Männer gehören also zu jenen, die die Rote Armee das Fürchten lehrten und denen gelang, was seit tausend Jahren keine Armee geschafft hatte: die Eroberung Englands. Und nun schicken sich diese verdammt gutaussehenden Hurensöhne an, den gesamten Planeten zu dominieren.* Ein trockenes Lachen begleitete die Gedanken des Generals.

Der Marschall blickte ein wenig irritiert, ging aber über den Heiterkeitsausbruch hinweg und sagte: »Ich garantiere Ihnen und Ihren Soldaten eine ehrenhafte Behandlung und eine ausgezeichnete Versorgung mit Lebensmitteln.«

Patton nickte nur und murmelte: »Ich habe nichts anderes von Ihnen erwartet. Hoffen wir, dass dieser Krieg nun schnell beendet wird und wir alle bald nach Hause zurückkehren können.«

Kapitel 2: Operation Nautilus

Kaum hatten sie die gefangenen sowjetischen Funktionäre im Geheimstützpunkt auf Island abgeliefert, starteten die acht Kreuzer der 5. Raumlandebrigade auch schon wieder.

Lautlos hoben die schwarzen Rochenschiffe vom Geröll des Tals ab, das von hoch aufragenden Bergketten vulkanischen Ursprungs eingerahmt wurde. Bis vor wenigen Monaten hatte die Erzeugung exotischer Materie[6] noch zu starken Infraschall-Stoßwellen geführt, die Beobachtern des Starts oder der Landung der einhundertfünfzig Meter durchmessenden Riesen noch den Mageninhalt hinausgetrieben hatte. Diese Unzulänglichkeiten waren mittlerweile beseitigt. Gravitationsfeldschwankungen, die den Infraschall erzeugt hatten, waren vollkommen beseitigt worden.

Die Kreuzer stiegen durch die Abstoßungskraft, die die exotische Materie auf die »normale« Materie des Planeten ausübte, bis auf eine Höhe von dreißig Kilometern. Dann wurden die Ionentriebwerke innerhalb der ebenfalls einhundertfünfzig Meter langen »Rochenschwänze« gezündet. Supraleiter, die diese Eigenschaft bis zu einer Temperatur von dreihundert

---

[6] Materie mit negativer Energiedichte und daher negativer Masse.

Grad Celsius aufrechterhalten konnten, beschleunigten die Anionen[7] verschiedener Elemente auf der langen Beschleunigungsstrecke in Rumpf und Stachel bis sehr nahe an die Lichtgeschwindigkeit und erzeugten so den entsprechenden Vortrieb nach dem Raketenprinzip.

Mit zwanzig g[8], der halben Maximalbeschleunigung, erhöhten die Raumer ihre Geschwindigkeit, wobei sie ihre Höhe beibehielten. Ihr Kurs führte sie entlang des dreihundertvierzigsten Längengrads nach Süden.

Major Rohwedder spürte nichts von den Andruckkräften, die ohne Andruckabsorber bereits nach kurzer Zeit zum Tode geführt hätten. Er saß mit den zweihundertzwölf Soldaten seines Bataillons in jenem Gang, der den Kreuzer in seiner Peripherie fast komplett umlief. Unterbrochen wurde er lediglich im Heck durch den Antriebsstrang, der dort in den »Stachel« überging.

Die aus der Decke herabgelassenen ultraflachen Bildschirme zeigten das Blauschwarz der oberen Stratosphäre und das funkelnde Band der Milchstraße. Bei diesem Anblick überkam den Major ein tief empfundenes Fernweh. Wie so viele seiner Kameraden zog es ihn zu den Sternen. Ein tiefes Verlangen erfüllte ihn, die Wunder zu ergründen, die Myriaden Welten für die Menschheit bereithielten. Sie hatten die verlassenen Stützpunkte der Vegalier entdeckt und unendlich viel von diesen fremdartigen Wesen, beziehungsweise ihren Computern, gelernt. Doch der Preis dafür würde hoch sein. In etwas mehr als drei Jahren würde das Raumzeitstrukturfeld der Vegalier Terra erreicht haben. Dann würde sie beginnen: die Invasion, die Milliarden Menschen töten und/oder versklaven würde. In welchem Verhältnis diese beiden Optionen standen, konnten die Wissenschaftler den vegalischen Computern bislang

---

[7] Negativ geladene Ionen = elektrisch geladene Atome.

[8] Erdbeschleunigung = 9,81 Meter pro Sekundenquadrat.

nicht entlocken. Die Ziele der Grausamen waren bisher nur in groben Zügen bekannt: Die Pflanzenabkömmlinge würden sicherlich ihren Bedarf an tierischer Nahrung decken und die Rohstoffe des Planeten für sich beanspruchen.

Wie sah es wohl im Heimatsystem der Invasoren aus? Welche Laune der Evolution mochte dazu geführt haben, dass auf Vegalon das pflanzliche Leben über das tierische dominiert hatte? Diese Fragen brannten Rohwedder auf der Seele, und er fragte sich weiter, welche weiteren Skurrilitäten und Ungeheuerlichkeiten die mehr als einhundert Milliarden Sternensysteme wohl bereithalten würden. War es der Menschheit überhaupt bestimmt, in die Galaxis vorzudringen und ihre Geheimnisse zu lüften? Oder würden die Menschen gleich bei ihrem ersten Kontakt zu fremden Intelligenzen ausgelöscht werden? Der Major hatte sich, dem Kaiser und dem Reich geschworen, dass er alles in seiner Macht Stehende tun würde, dies zu verhindern.

Rohwedder blickte hinüber zu dem ihm gegenüber sitzenden Feldwebel Gerhard Wolf, der vor kurzem zwanzig Jahre alt geworden war. Der Major las in den stahlblauen Augen des jungen Soldaten das gleiche unstillbare Verlangen, zu den Sternen aufzubrechen, das auch ihn selbst durchflutete. Trotz seines jugendlichen Alters hatte der Feldwebel in härtesten Einsätzen gezeigt, dass er weder Tod noch Teufel fürchtete und aus einem Holz geschnitzt war, das ihn entweder als Held jung sterben lassen oder ihm unsterblichen Ruhm einbringen würde.

Übergangslos wurden das Schwarzblau der Stratosphäre und das gleißende Band der Milchstraße durch das Antlitz des Generalfeldmarschalls ersetzt.

»Kameraden! Der Kaiser unterstützt mein Vorhaben ausdrücklich, Werk Kallisto I durch eine schnelle Aktion in unsere Gewalt zu bringen. Engpässe bei der Herstellung der Hochtemperatursupraleiter und des Kontraktans können wir uns nicht leisten, weshalb wir in den Besitz der Edelmetallminen des Jupitermondes gelangen müssen.

Dic Kreuzer der 5. Raumlandebrigade werden zunächst Annobon anfliegen, um dort vier Spezial-U-Boote abzuholen. Mit zwei von ihnen wird Major Rohwedder mit seinem 34. Bataillon den Hauptangriff auf das Werk durchführen. Die anderen beiden U-Boote bleiben in Reserve, um das 33. Bataillon folgen zu lassen, falls der Major mit seinem Angriff scheitert. Die Details zur Einsatzplanung erhalten Sie auf dem anschließenden Flug zum Jupiter.«

Unmittelbar nach dem letzten Wort verschwand das Gesicht von Dankenfels' wieder vom Bildschirm und machte den funkelnden Sternen Platz.

Schön, dass ich auch einmal erfahre, dass mein Bataillon mal wieder ins Feuer geworfen wird. Weniger als die Hälfte meiner Männer sind unverletzt aus den Kämpfen um Werk Luna III hervorgegangen. Ich soll also mit halber Sollstärke ein ausgezeichnet geschütztes Werk erobern? Ich kann nur hoffen, dass meine Verwundeten in der Zwischenzeit mit den biotechnologischen Wundermitteln der Vegalier wieder einsatzbereit gemacht werden konnten. Während Rohwedder seinen Gedanken nachhing, hellte sich das Blauschwarz der Stratosphäre zusehends auf. Die Perspektive der Darstellung auf den Bildschirmen änderte sich. Zu sehen war nun ein ovaler Felsen mit grünem Pflanzenbewuchs und der Gischt des Meeres, die an seinen rauen Klippen schäumte. Kleine Wolken hingen wie Watteflocken über dem Eiland.

Der Major rief sich in Erinnerung, dass die nur siebzehn Quadratmeter große Insel bis ins Jahr 1939 von ehemaligen angolanischen Sklaven besiedelt worden war, die von den Portugiesen im fünfzehnten Jahrhundert dorthin verbracht worden waren. Gegen Ende der Dreißiger wurden die Einwohner Annobons auf Beschluss der Reichsregierung auf das afrikanische Festland übergesiedelt und die Insel zum militärischen

Sperrgebiet erklärt. Seit jener Zeit stellte man dort in einer in die Steilküste getriebenen Fabrik Spezial-U-Boote auf Basis der V-Technologie her, die zur Erschließung der Ozeane diverser Jupiter- und Saturnmonde dienten. Zusätzlich waren diese U-Boote dafür ausgerüstet, Evakuierungen der unterseeischen Werke vornehmen zu können, falls es dort zu einer Katastrophe kam. Genau diese Fähigkeiten wollte man sich für den bevorstehenden Einsatz zunutze machen.

Rasend schnell kam der zerklüftete Felsen näher. Die acht Kreuzer senkten sich auf eine Betonfläche herab, die man im Norden der Insel angelegt hatte. Die acht Bataillone der 5. Brigade wurden zum Aussteigen aufgefordert. Die dreitausendzweihundert Soldaten marschierten zu einem kleinen Dorf aus Backsteingebäuden, das zwischen dem kleinen Raumhafen und den steil abfallenden Klippen angelegt worden war.

Heiß brannte die Äquatorsonne auf die Kastrup-Soldaten herab. Rohwedder befand, dass sich schwarze Uniformen für Einsätze in dieser Gegend nicht eigneten. Ein längeres, Kräfte raubendes Unternehmen hätte unter diesen Bedingungen sicherlich einige Hitzschläge verursacht, obwohl diese Männer zu den besten und zähesten Soldaten des Planeten gehörten.

Feldwebel Wolf schien die Gedanken des Majors erraten zu haben. »Gott sei Dank fliegen wir bald weiter zum herrlich kühlen Kallisto«, sagte er und verzog seine Lippen zu einem ironischen Grinsen. »Das wird eine Wohltat sein.«

»Da habe ich meine Zweifel«, fühlte sich Hölzen genötigt beizusteuern. »Der CFR wird uns sicherlich einen heißen Empfang bereiten.«

Wolf zuckte mit den Schultern. »Und wenn schon. Wenn wir wieder zurück sind, wird mich meine Freundin sicherlich noch heißer empfangen.«

Die Soldaten in unmittelbarer Nähe hatten den Wortwechsel mitbekommen und grinsten breit. Rohwedder lächelte ebenfalls, jedoch nicht wegen des Scherzes, sondern wegen der Unbefangenheit, mit der diese jungen Soldaten in einen Kampf auf einer fremden, für irdisches Leben feindlichen Welt zogen.

Im Dorf scharten sich die Schwarzuniformierten um das Kühlhaus – das größte oberirdische Gebäude der Insel. Mehrere Dutzend Angehörige des Stützpunktpersonals standen mit Rollwagen bereit, begrüßten die Kameraden freundschaftlich und versorgten sie mit eisgekühlten Getränken. Auf der anderen Seite löste sich eine Kolonne Lastwagen von der Halle. Sie fuhren über eine schmale Straße zum Raumhafen, um die Kreuzer mit frischem Nachschub zu versorgen.

Plötzlich war ein sanftes, helles Pfeifen zu hören. Rohwedder legte den Kopf in den Nacken und sah einen neunten Kreuzer, der sich auf den Raumhafen herabsenkte. Erst kurz vor dem Betonboden bremste das Raumschiff auf seinen Antigravitationsfeldern scharf ab. Die Druckwelle der unter ihm komprimierten Luft fegte über das Gelände und verschaffte den Raumlandesoldaten eine angenehme Kühlung.

»Das ist sicher der Chef«, meinte Leutnant Sobringer, hob seine Limonadenflasche und prostete dem gelandeten Giganten zu.

»Ja, wahrscheinlich«, entgegnete Rohwedder. »Hoffentlich hat er unsere Kameraden mitgebracht, die beim Einsatz in Werk Luna III verwundet wurden.«

Gespannt blickte der Major hinüber zum Landefeld. Die Luft flirrte in der Hitze der Mittagssonne. Langsam öffnete sich die Schleusenrampe in der Front des Rochenschiffs. Rohwedder nahm seine »Gasmaske« vom Rückentornister und setzte sie auf. Über das Multifunktionsgerät an seinem Handgelenk veränderte er die Struktur des Nanoplasts vor seinen Augen. Stufenlos wurde das Raumschiff herangeholt. Nun erkannte der Major die Soldaten, die über die Schleusenrampe auf das Betonfeld marschierten. Seine Hoffnungen wurden nicht enttäuscht. Es handelte sich um jene Verletzten seines 34. Bataillons, die in den vergangenen Tagen in der Berliner Charité mit jenen Mitteln behandelt worden waren, die deutsche Wissenschaftler auf der Basis der Molekularbiologie der Vegalier entwickelt hatten.

Sobringer hatte seine Maske ebenfalls aufgesetzt. »Das sind unsere Jungs!«, rief er begeistert.

Rohwedder schätzte, dass es sich um etwas mehr als einhundertzwanzig Soldaten handelte. Damit würde die Sollstärke des Bataillons von fünfhundert Mann immerhin zu rund siebzig Prozent erreicht werden.

Die Neuankömmlinge wurden von ihren Kameraden herzlich begrüßt und von den Soldaten des Stützpunktes ebenfalls mit kalten Getränken versorgt.

Ein Raunen ging durch die Männer, die den Klippen am nächsten waren. Der Major bahnte sich einen Weg durch die Kameraden, um die Ursache für die Unruhe zu ergründen. Er erblickte vier mächtige schwarze Stahlzylinder mit Turmaufbauten, die sich von der schroffen Felsenküste wegbewegten. Vorne waren sie abgerundet, hinten spitz zulaufend mit dem typischen Unterwasserleitwerk. Offensichtlich hatten sie die unterirdische und zum Teil unterseeische Fabrik soeben verlassen.

Die U-Boote stoppten die Maschinen, als sie rund fünfhundert Meter weit auf das offene Meer hinausgefahren waren. Zwei Kreuzer erhoben sich beinahe lautlos vom Raumhafen. Lediglich das Pfeifen des Fahrtwindes war zu hören, als die beiden Rochenschiffe über die Köpfe der Raumlandetruppen hinwegsegelten. Langsam senkten sie sich auf die vier U-Boote herab. Rohwedder schätzte anhand des Größenverhältnisses, dass die Unterwasserschiffe etwas mehr als einhundert Meter lang sein mussten.

Knapp oberhalb der Turmbauten stoppten die Kreuzer. Für wenige Sekunden schwebten sie reglos in der Luft. Dann erhoben sie sich. Ohne die U-Boote zu berühren, zogen sie jeweils zwei der schwarzen Zylinder durch Gravitationsfelder aus dem Meer. Rauschend fiel das Wasser entlang der schwarzen Hüllen zurück in den Atlantischen Ozean.

Die beiden Rochenraumer stiegen auf fünfhundert Meter Höhe. Die vier Unterwasserschiffe hingen darunter wie durch unsichtbare Kabel gehaltene überdimensionale Bomben. Ein kurzes Aufglühen an den auf das Meer hinaus zeigenden Enden ihrer »Stachel« zeigte an, dass die Ionentriebwerke gezündet worden waren. Majestätisch langsam bewegten sie sich zurück zum Raumhafen. Dort senkten sie sich soweit herab, dass die Unterseiten der Spezial-U-Boote weniger als zwei Meter über dem Betonboden schwebten.

»An alle!«, kam die bekannte Stimme von Dankenfels' aus den Helmlautsprechern der knapp dreitausendvierhundert Elitesoldaten. »Der Inselurlaub ist beendet. Alle Bataillone zurück zu den ihnen zugeteilten Kreuzern.« Für das 33. und 34. waren dies die beiden Rochen, unter denen die U-Boote hingen.

Die Bataillone gruppierten sich um ihre Kommandeure. Dann ging es in geordneten Reihen zurück zu den Kreuzern. Das 35. bis 40. stieg einfach über die Schleusenrampen in die sechs Rochenraumer, während sich das 33. und das 34. unter die Kreuzer mit den gravitationstechnisch unter ihnen verankerten U-Boot-Paaren begaben.

Rohwedder spürte das typische Ziehen in der Magengegend, das das vollständige Fehlen von Schwerkraft für einige Sekunden mit sich brachte. Dann ließ das unangenehme, oftmals Übelkeit verursachende Gefühl nach. Natürlich waren die Raumlandesoldaten durch ständige Übungen bestens an die Schwerelosigkeit gewöhnt.

Der Major blickte nach oben an der Wandung eines der beiden U-Boote entlang hinauf zu dem darüber schwebenden Rochenschiff. Auf der Oberseite des schwarzen Zylinders waren ein paar Gestalten in dunkelblauen Uniformen erschienen, die sich über die Reling gebeugt hatten und den Raumlandesoldaten auffordernd zuwinkten. Der Bataillonskommandeur stieß sich ab und schwebte zielsicher auf eine der Sprossenleitern zu, die in die Außenwand des U-Bootes eingearbeitet worden waren. In völliger Schwerelosigkeit kletterte er spielerisch leicht daran hoch, bis er neben den Blauuniformierten auf dem Deck stand. Dort aktivierte er über sein Multifunktionsgerät die Magneten in den Sohlen seiner Stiefel.

»Kapitänleutnant Kuhn«, stellte sich der Kommandant des U-Bootes vor und salutierte. Mit seinem dunkelblonden Vollbart wirkte er, wie man sich gemeinhin einen Seemann vorstellte. »Herzlich willkommen auf VU-96.« Der Major gab den Gruß zurück.

Immer mehr Soldaten Rohwedders erreichten das U-Boot-Deck und stellten sich in zwei Reihen von je knapp neunzig Mann auf. Die zweite Hälfte des Bataillons fand sich auf dem Nachbar-U-Boot ein, das daneben unter dem gleichen Kreuzer schwebte. Das Kommando über jene zweite Gruppe hatte der Major an Hauptmann Karlsen abgegeben.

»Dann wollen wir mal«, sagte Kuhn, als sich die letzten Soldaten eingereiht hatten. Er lächelte Rohwedder auffordernd zu und deutete mit einer ausholenden Bewegung seiner Rechten auf den Turm.

Der Major trat neben den Kommandanten, dahinter reihten sich die Offiziere ein, die Kuhn zur Begrüßung mitgebracht hatte. Gemeinsam durchschritten sie das Spalier der Raumlandesoldaten. Als sie es passiert hatten, folgten die Soldaten des Bataillons. Über eine Treppe gelangten sie auf den Turm und stießen sich an dafür vorgesehenen Haltegriffen in den Einstieg.

Im Innern von VU-96 suchten die Raumlandesoldaten sofort das Gemeinschaftsquartier auf, während sich Rohwedder mit den drei Zugführern und dem Kapitänleutnant in die Zentrale begab. Sie durchquerten die Gänge des U-Boots schwebend, als ob sie sich in einer Raumstation befänden.

Die Zentrale selbst war ein siebzig Quadratmeter messender, rechteckiger Raum. An den Wänden befanden sich Bildschirme, davor Pulte mit einer die Sinne verwirrenden Zahl von Knöpfen und bunten Lämpchen. Die anwesenden Soldaten blickten nur kurz auf, als die Gruppe hereinschwebte. Danach widmeten sie sich wieder den Kontrollen.

»Was überprüfen ihre Männer da eigentlich?«, wollte Rohwedder wissen. Eine berechtigte Frage vor dem Hintergrund, dass sich das Boot noch nicht im eigentlichen Einsatz befand.

»Systemüberprüfung«, entgegnete Kuhn lakonisch. Der fragende Blick des Majors veranlasste ihn zu weiteren Erklärungen. »VZ-96 verfügt über einen Kontraktan-basierenden Fusionsreaktor ähnlich denen auf den Rochenschiffen – nur etwas kleiner.« Der Kapitänleutnant setzte ein entschuldigendes Lächeln auf. »Der versorgt den Elektromotor, die Lufterneuerungsanlage, die Trinkwasseraufbereitung und natürlich sämtliche Steuerungs- und Überwachungsgeräte an Bord. Falls der Reaktor ausfällt, springt ein Notstromaggregat an, das allerdings nur dreißig Prozent der Leistung des Hauptreaktors liefern kann. Immerhin würde diese Leistung ausreichen, dass wir hier nicht ersticken und uns mit geringer Fahrt fortbewegen können. Die Überprüfung all dieser Dinge braucht seine Zeit.« Nach einer kurzen Pause fügte er hinzu: »Schade nur, dass wir keine Gravitationsgeneratoren an Bord haben. Deshalb müssen wir den gesamten Flug wohl in Schwerelosigkeit verbringen.«

»Der Flug dauert ja nur vierundzwanzig Stunden, also halb so schlimm«, gab Rohwedder grinsend zurück, während er auf einem der Bildschirme beobachtete, wie die Insel Annobon unter ihnen wegfiel, als würde der gesamte Planet vom Raumschiff weg beschleunigen. Natürlich war es genau umgekehrt, doch durch die vom Kreuzer exakt aufrechterhaltene Schwerelosigkeit bekam niemand an Bord der U-Boote etwas davon mit, dass es die Kreuzer waren, die mit knapp vierzig g beschleunigten.

»Immer wieder kamen Klarmeldungen von den vor den Bildschirmen sitzenden Soldaten.

»Deuterium/Tritium-Dotierungsrate normal.«

»Leerlaufleistung ein Megawatt.«

»Mikrowellenortung klar!«

»Gleichgewichtszustand Lufterneuerung erreicht!«

»Sieht so aus, als ob alle Systeme in Ordnung wären«, bemerkte der Kapitänleutnant an den Major gewandt. »Ich schlage vor, wir ziehen uns zusammen mit Ihren Offizieren in meine Kabine zurück und besprechen die Details des bevorstehenden Einsatzes.«

»Einverstanden«, gab Rohwedder zurück und gab den drei Oberleutnants, die die drei Züge an Bord des Unterwasserschiffs befehligten, einen Wink, ihm zu folgen.

*

Rund zwölf Stunden nach dem Start hatten die neun Kreuzer den so genannten Wendepunkt zwischen der Erde und dem Jupiter erreicht. Sie flogen in Dreiecksformation, das Schiff von Dankenfels' an der Spitze, links und rechts daneben die beiden Kreuzer mit jeweils zwei VU-Booten und schließlich die übrigen sechs Rochenraumer zu je drei auf beiden Seiten.

Die Flotte hatte konstant mit vierzig g beschleunigt und somit eine Geschwindigkeit von fünfzehntausend Kilometern pro Sekunde erreicht – immerhin ein Fünftel der Lichtgeschwindigkeit. Relativistische Effekte wie die Zeitdilatation und Längenkontraktion erlangten bei dieser Geschwindigkeit jedoch noch keine relevante Bedeutung.

Am Wendepunkt drehten sich die neun Kreuzer um einhundertachtzig Grad. Ihre »Stachel« wiesen nun auf den noch weit entfernten Jupiter. Der Schub der Ionentriebwerke wirkte nun nicht mehr beschleunigend, sondern verzögernd. Nach weiteren zwölf Stunden würde die Fahrt in unmittelbarer Nähe des Jupiter ganz aufgehoben sein.

Kapitänleutnant Kuhn saß mit Rohwedder und dessen drei Zugführern in der engen Kabine des Kommandanten. Sie hatten es sich auf den einfachen Metallstühlen bequem gemacht. Auf dem Tisch lag eine Karte des unterseeischen Einsatzgebietes. Die Soldaten unterhielten sich über die Besonderheiten Kallistos, die für die Operation von Bedeutung sein konnten. Speziell die »Myranen« waren ein Unsicherheitsfaktor, weil die Wissenschaftler noch keine Zeit gefunden hatten, sich eingehend mit diesen seltsamen Lebewesen zu beschäftigen. Rohwedder ließ sich sämtliche Details über die Myranen von Kuhn berichten, der sich vor dem Einsatz gründlich informiert hatte.

»Wovon leben die Biester eigentlich?«, fragte der Major. »Im Ozean unter dem Eis gibt es kein Licht, Photosynthese als Quell der Lebensenergie fällt also aus.«

»Unsere Biologen gehen davon aus, dass sie sich vom Temperaturunterschied zwischen den warmen Quellen auf dem Grund des Ozeans und dem Eispanzer an dessen Oberfläche ernähren. Schließlich reichen sie vom Grund bis an das Eis heran.«

»Die Viecher sind also tatsächlich zehn Kilometer lang?«

»Das ist die durchschnittliche Tiefe des Kallisto-Meeres. An einigen stellen brauchen die Myranen nur fünf Kilometer zu wachsen, um bis hinauf an das Eis zu reichen, an anderen Stellen sind zwanzig Kilometer nötig.«

»Können sie sich bewegen und uns angreifen, oder verhalten sie sich eher wie Pflanzen?«

»Es ist bislang nicht beobachtet worden, dass sie sich bewegen, weshalb sie als ungefährlich gelten. Doch in unmittelbarer Nähe der Warmwasserquellen wurden quallenähnliche Lebewesen gesichtet, die sich offensichtlich von den Myranen ernähren. Sie werden nach den Initialen ihres Entdeckers Martin Olaf Gerts »Mogs« genannt. Neben diesen Quallen gibt es wahrscheinlich eine Reihe weiterer Lebensformen, die sich selbstständig bewegen können und deshalb möglicherweise eine Gefahr darstellen. Werk I wurde sicherheitshalber in einer Region errichtet, die frei von Myranen und den zwischen ihnen hausenden Quallen ist. Wir werden jedoch zweitausend Kilometer durch den Ozean schippern müssen, was uns mitten durch ausgedehnte Myranen-Wälder führen wird.«

»Wir wissen also kaum was über das Leben auf Kallisto und müssen sozusagen dicht besiedeltes Terrain durchqueren?« Der Major zog seine Stirn kraus, wodurch sich der Ansatz seiner hellblonden Bürstenfrisur ein paar Millimeter absenkte.

»So sieht's aus. Bedenken Sie, dass die Organisation all ihre Kraft auf den zügigen Ausbau der Werke konzentriert hat. Für die Erforschung der Umgebung waren nur wenige Ressourcen vorhanden.« Kuhn schien das Bedürfnis zu haben, sich persönlich für diese Unzulänglichkeiten zu entschuldigen.

»Na, dann hoffen wir mal, dass uns die Quallen – und was da sonst noch so rumkreucht – nicht feindlich gesonnen sind, und wenn doch, dass sie uns nichts anhaben können.«

»Da können Sie ziemlich beruhigt sein, Major. Die Hülle der VU-96 besteht aus dem gleichen Material wie die der Raumschiffe: aus einem Komposit aus Graphen, Fullerenen und Kohlenstoffnanoröhren. Das Ganze dotiert mit Eisen, Mangan und Chrom. Selbst die Vegalier kennen keinen für die Massenproduktion tauglichen stabileren Stoff. Daran werden sich die Mogs die Zähne ausbeißen – sofern sie welche haben.

Der Kapitänleutnant konnte zu jenem Zeitpunkt nicht ahnen, dass die Mogs keine Zähne brauchten, um den U-Booten gefährlich werden zu können.

*

Am Abend des 30. März 1950 erreichte die Flotte den Jupiter. Kuhn, Rohwedder und die drei Zugführer hatten sich zwischenzeitlich kurz hingelegt und sich dann eine halbe Stunde vor der Ankunft in der Zentrale von VU-96 eingefunden. Auf dem Hauptbildschirm stand der gigantische Gasball des Jupiter, dem größten und massereichsten Planeten des Sonnensystems.

Der typische rote Fleck – ein Wirbelsturm, in dem die gesamte Erde Platz gefunden hätte – stand aus der Perspektive der Raumschiffe mitten auf der braunen, von grauen und blauen Schlieren durchzogenen Kugel. Mehrere hell leuchtende Punkte waren in der Umgebung des Gasriesen zu sehen. Es handelte sich um die galileischen Monde Io, Europa, Ganymed und Kallisto.

Langsam wanderte einer der Punkte in die Mitte des Bildschirms und wurde gleichzeitig größer. Nach wenigen Minuten war aus der hell leuchtenden Scheibe ein braunroter Fleck geworden. Wenig später waren die Oberflächenstrukturen zu erkennen. Die Oberfläche wies keine Erhebungen auf, dafür umso mehr Einschlagskrater. Durch die starke Gravitation des Jupiter wurden im Laufe der Jahrmillionen unzählige Meteoriten und Asteroiden angezogen, die zum Teil auf die Monde des Riesenplaneten niedergingen. Auf Kallisto waren die Einschlagkrater, die sich hell von der rotbraunen Oberfläche abhoben, von konzentrisch verlaufenden Ringwällen umgeben, die durch die Schockwelle des jeweiligen Einschlags entstanden waren.

Zur Zeit der Entstehung des Sonnensystems, als die Himmelskörper noch glutflüssig waren, waren die schwereren Elemente, wie die Edelmetalle, im Inneren der Monde und Planeten versunken. Erst später, als sich die Oberflächen abgekühlt hatten, gelangten weitere Edelmetalle durch den Einschlag von Asteroiden in oberflächennahe Gesteinsschichten. So stammte beispielsweise das Gold, das auf der Erde abgebaut wurde, fast ausschließlich von Asteroiden, die vor Jahrmillionen oder sogar -milliarden auf unserer Heimatwelt eingeschlagen waren. Nicht anders verhielt es sich auf Kallisto – mit dem großen

Unterschied, dass die Einschlagdichte dort wegen der Anziehungskraft des Jupiter um mehrere Größenordnungen höher war. Hinzu kam, dass die Asteroiden durch den zweihundert Kilometer dicken Eispanzer und den darunter liegenden Ozean stark abgebremst wurden. Die kosmischen Geschosse drangen daher nicht tief in den Meeresgrund ein, weshalb die Edelmetalladern dort teilweise offen zugänglich waren.

Die neun Kreuzer näherten sich einem besonders auffälligen Einschlagskrater.

»Walhalla!«, kommentierte Kuhn.

»Wie bitte?«, fragte Oberleutnant Sanders, einer der Zugführer des Majors, und verzog seine schmalen Lippen zu einem verlegenen Lächeln.

»So heißt das größte Einschlagbecken auf Kallisto«, klärte ihn der Kapitänleutnant auf. »Es durchmisst rund sechshundert Kilometer, die Ringwälle der Schockwelle dehnen sich auf bis zu dreitausend Kilometer darum herum aus. Die Eiskruste ist mitten im Krater natürlich außergewöhnlich dünn, weshalb wir dort ‚einsteigen' werden. Werk I liegt in ziemlich genau zweitausend Kilometern Entfernung vom Zentrum Walhallas.«

»Wie dick ist das Eis dort?«, hakte Rohwedder nach.

»Nur acht Kilometer, also weniger als die Tiefe des darunter liegenden Ozeans.«

Auf einem der Nebenbildschirme beobachtete der Bataillonskommandeur das Schiff des Generalfeldmarschalls, das sich langsam aus der Spitze der Formation löste. Wie ein schwarzer Schatten schwebte es auf den hellen, von konzentrischen Kreisen umgebenen Einschlagkrater zu. Auch die anderen acht Kreuzer senkten sich weiter herab, bremsten ihre Annäherung an die rotbraune Oberfläche jedoch in zwanzig Kilometer Höhe ab.

Rohwedder erwartete jeden Moment einen gegnerischen Kreuzerverband, der über den Horizont hinweg schießen und die Kastrup-Flotte mit Fusionsgranaten eindecken würde. Doch nichts dergleichen geschah. Die neun Kreuzer hatten sich aus der Sicht des Werkes aus dem toten Winkel dem Mond genähert – und zum weiteren Ausbau von Ortungsstationen auf der Mondoberfläche war es noch nicht gekommen. Die Raumer der Kastrup wären nur dann frühzeitig entdeckt worden, wenn sich zufällig eine Patrouille des CFR in der Nähe befunden hätte.

Plötzlich blitzte es unterhalb des Rochenschiffs des Generalfeldmarschalls grell auf. Erneut wirkte das weit unter dem Rest der Flotte schwebende Schiff wie ein Schatten im Zentrum des blendenden Lichtes.

Von Dankenfels beginnt mit dem Beschuss des Kraterbodens mit Fusionsgranaten, folgerte Rohwedder in Kenntnis der Details der Einsatzplanung.

»Jetzt brauchen wir ein wenig Geduld«, kommentierte Kuhn und kratzte seinen dunkelblonden Vollbart. Seine grünblauen Augen funkelten in Erwartung des Einsatzes, der in einer halben Stunde beginnen würde. Dann hatten die Fusionsgranaten des Kreuzers die acht Kilometer dicke Eisschicht auf einer Breite verflüssigt, die einen, wahrscheinlich sogar zwei Kreuzer bis zur Meeresoberfläche durchlassen würde.

Der Bataillonskommandeur konnte seinen Blick kaum von dem grellen, flackernden Leuchten abwenden, das unter dem winzig anmutenden Schatten des Rochenschiffes zu ihnen empor strahlte. Gewaltige Energien wurden dort freigesetzt und verwandelten den Eispanzer in einen kochenden See, der sich immer weiter in die Tiefe fraß.

Truppführer Sanders, ein Zwei-Meter-und-fünf-Hüne mit auf wenige Millimeter kurz geschorenen hellblonden Haaren, baute sich neben dem Major auf. »Walhall ist der Ort, an den die gefallenen, tapferen Krieger, die Einherjer, gelangen. Wollen wir mal nicht hoffen, dass der Name des Kraters ein böses Omen für uns ist.«

»Warum?«, entgegnete Rohwedder mit einem zynischen Lächeln. »Möchtest du nicht mit den Göttern speisen und von den Walküren Met und Bier gereicht bekommen?«

»Nun – wenn das mein Schicksal ist …«, gab der Hüne grinsend zurück.

Die vier Soldaten der Raumlandetruppen und die Besatzung der Zentrale des U-Bootes beobachteten weiter das Bombardement des weit unter ihnen hängenden Kreuzers des Generalfeldmarschalls.

Nach einer endlos erscheinenden Zeit war es schließlich soweit. Das Flackern erlosch, und der kleine schwarze Schatten wich zur Seite hin aus. Gleichzeitig vermeldete der Funker von VU-96: »Meldung von Major von Timmer. Alles fertigmachen zur Wasserung.«

Rasend schnell kam die rotbraune Mondoberfläche näher. Im Mittelpunkt des Hauptbildschirms glänzte ein Fleck silbern im Licht der Sonne. Er wurde schnell größer und entpuppte sich als der vom Flaggschiff erzeugte See. Beim Näherkommen verlor er seinen silbrigen Glanz und wurde zu einer brodelnden hellblauen Fläche, begrenzt durch das rotbraune Gemisch aus Eis und Gestein.

Die beiden Kreuzer senkten sich so weit hinab, dass die U-Boote ins Wasser eintauchten. Dann lösten sie die durch Schwerkraftgeneratoren erzeugte Verbindung.

Die vier Unterwasserschiffe sanken kurz in die brodelnden Fluten, bis nur noch die Türme herausschauten, kamen aber sofort wieder schwankend zum Vorschein. Die Soldaten an Bord spürten für den kurzen Moment des Zurückfederns einen leichten Andruck, der über eineinhalb g nicht hinausging, danach blieb nur noch die Schwerkraft Kallistos übrig, die knapp ein Sechstel der Erdanziehung betrug. Das war immerhin mehr als die absolute Schwerelosigkeit, in der sich die Soldaten in den vergangenen vierundzwanzig Stunden befunden hatten, trotzdem ließen sie ihre magnetischen Sohlen aktiviert, um nicht bei jedem Schritt gegen die Decke zu schweben.

»Tanks fluten!«, befahl Kapitänleutnant Kuhn mit schneidiger Stimme. Kurz darauf drang ein leises Rauschen bis in die Zentrale. Auf dem Hauptbildschirm war zu sehen, wie das rotbraune, zerklüftete Ufer langsam nach oben stieg. Ein immer größer werdender Teil der Außenaufnahme wurde durch das von Blasen durchzogene Hellblau des Kallisto-Ozeans ersetzt. Bereits nach wenigen Sekunden erreichten die U-Boote eine Tiefe, in die kein Sonnenlicht vordringen konnte. Das Hellblau hatte sich rasend schnell verdunkelt und war einer unheimlichen Schwärze gewichen.

»Scheinwerfer und Restlichtverstärker einschalten!«

Von einer Sekunde auf die andere wurde es taghell. Deutlich waren die schroffen, zerklüfteten und verschmutzten Eismassen zu sehen, die die Wände des vom Flaggschiff in die Tiefe getriebenen Schachtes bildeten.

»Tiefe dreihundert Meter, Außentemperatur dreihundertfünfzig Kelvin[9]. Stark fallend«, meldete einer jener vor den Pulten der Zentrale sitzenden Offiziere. Im Abstand weniger Sekunden nannte er weitere Messergebnisse, bis er vermelden konnte: »Tiefe sechstausend Meter. Zweihundertsiebenundsiebzig Kelvin!«, was vier Grad Celsius entsprach, jener Temperatur, bei der Wasser seine höchste Dichte besaß. Der gesamte Kallisto-Ozean hatte diese Temperatur, weil sowohl kühleres als auch wärmeres Wasser aufstieg und einen Gleichgewichtszustand sich neu bildenden und schmelzenden Eises an der Decke des durchschnittlich zweihundert Kilometer dicken Eispanzers herstellte.

Langsam glitten die rauen Wände des durch die Fusionsgranaten geschmolzenen Schachtes an den vier U-Booten vorbei. Rohwedder betrachtete dieses Eindringen in eine fremde, weit-

---

[9] Rund achtzig Grad Celsius.

gehend unbekannte Welt fasziniert auf dem Hauptbildschirm. Die Restlichtverstärker der U-Boote konnten selbst einzelne Photonen registrieren, weshalb eine Sicht von mehreren hundert Metern möglich war.

Fast übergangslos verschwanden die rotbraunen Schachtwände und wurden durch ein diffuses Schwarzgrau ersetzt, das sich in alle Richtungen erstreckte und von goldfarbenen Bändern durchzogen war. Lediglich auf dem Bildschirm, der den Bereich oberhalb von VU-96 zeigte, war der Schacht als unendlich weit reichendes Loch in dem rotbraunen Eispanzer zu sehen.

»Tiefe achttausend Meter, Temperatur gleichbleibend bei zweihundertsiebenundsiebzig Kelvin«, meldete der Offizier, dessen Namen Rohwedder nicht kannte.

»Die goldenen ‚Schlangen' sind die Myranen«, kommentierte Kuhn und deutete auf den Frontbildschirm. »Die sind teilweise bis zu hundert Meter durchmessend.«

Sanft wiegten sich die goldenen Bänder in den unterseeischen Strömungen des Kallisto-Ozeans, während die vier U-Boote dem Grund entgegen sanken. Erst als sie nur noch einhundert Meter über dem Grund schwebten, befahl der Kapitänleutnant:

»Anblasen!« Die Pumpen pressten Wasser aus den Regelzellen und ersetzten es durch Druckluft, bis der Schwebezustand des Bootes erreicht war. Anschließend kam der Befehl, der auch für das Schwesterschiff VU-95 galt:

»Halbe Fahrt voraus!«

Die beiden übrigen U-Boote, die das 33. Raumlandebataillon transportierten, würden erst in einer halben Stunde folgen, um im Falle unvorhergesehener Ereignisse eingreifen zu können. Rohwedder hoffte, dass es nicht dazu kommen würde, denn dies würde bedeuten, dass sein 34. Bataillon in argen Schwierigkeiten steckte.

Die Fusionsmeiler beschleunigten die beiden Unterwasserschiffe auf einhundert Kilometer in der Stunde. Durch Einlassschächte in der Vorderseite wurde Wasser aufgenommen, das durch die Meiler erhitzt und mit hoher Geschwindigkeit nach hinten ausgestoßen wurde. Geschickt wichen die Navigatoren den gigantischen Myranen aus, die sich in die Unendlichkeit des schwarzen Himmels über den Schiffen zu erstrecken schienen. Die geringe Anzahl der gewaltigen, völlig fremdartigen Lebensformen erlaubte Kuhn, den Befehl zu geben: »Volle Kraft voraus!«

Die beiden auf V-Technologie basierenden U-Boote beschleunigten weiter bis auf ihre Höchstgeschwindigkeit von einhundertsiebzig Kilometern in der Stunde. Immer wieder mussten Kurskorrekturen vorgenommen werden, um den Myranen und unterseeischen Hügelketten auszuweichen. Die Vergrößerung der Distanz zum Meeresboden hätte zwar einerseits die Navigation erleichtert, andererseits wäre das Risiko, von einem zufällig in der Nähe befindlichen U-Boot des CFR entdeckt zu werden, deutlich erhöht worden.

Nach fünf Stunden Fahrt und etwas mehr als achthundert zurückgelegten Kilometern meldete der für die Außenbeobachtung zuständige Offizier: »Temperaturanstieg auf zweihundertneunundsiebzig Kelvin. Myranen-Wald voraus.«

Da muss sich eine heiße Quelle befinden«, sagte Kuhn und begab sich zu dem Pult, hinter dem der Offizier den Bildschirm beobachtete, der die Umgebungsdaten zeigte. Rohwedder stellte sich hinter den Kapitänleutnant und sah den Zahlenwert der Temperatur in kurzen Abständen im Nachkommastellenbereich ansteigen. Der Hauptteil des Bildschirms zeigte eine computergenerierte Darstellung der Mikrowellenechos[10]. Ein Gespinst aus Fäden zog sich vom Grund des Meeres hinauf bis zum Eispanzer in zehn Kilometer Höhe.

Dann stieg die Temperatur rasend schnell auf dreihundert Kelvin, was die Vermutung Kuhns bestätigte, dass eine Heiß-

---

[10] Radarechos.

wasserquelle vor ihnen lag, die das Wachstum der Myranen extrem zu begünstigen schien.

»Ultrasonarortung auf Navigationsbildschirm legen«, befahl der Kapitänleutnant dem vor ihm sitzenden Offizier.

»Nicht nötig«, rief der Navigator und Erste Offizier Jens Liebermann. »Ich habe die Myranen bereits in der normaloptischen Erfassung.«

»Und kommen wir da durch?«, wollte Kuhn sogleich wissen.

»Ich denke schon«, gab Liebermann zurück. »Doch dazu werden wir unsere Geschwindigkeit deutlich reduzieren müssen.« Er saß im Navigatorensessel inmitten der Zentrale, von wo aus er sämtliche Bildschirme im Blick hatte. Seine dunkelgrünen Augen fixierten einen nach dem anderen. Seine Hände ruhten auf zwei in die Lehnen integrierten Hebeln, die in unserer Parallelwelt Jahre später »Joysticks« genannt werden würden. In der deutschen VU-Boot-Flotte wurden sie mit »Navisten«, der Mehrzahl von »Navist« bezeichnet, was wiederum die Abkürzung für »Navigationsstäbe« war.

Der Hauptbildschirm zeigte nun schwach golden leuchtende Linien vor dem Hintergrund der Schwärze des Ozeans. Das Gold wurde schnell immer intensiver, bis die Myranen in ihrer ganzen Pracht zu erkennen waren. Die goldenen, kilometerlangen »Schlangen« waren mit Pockennarben und dornartigen Auswüchsen übersät. Wie in Zeitlupe schwankten sie unter dem Einfluss der Strömungen hin und her, was die Navigation durch das dichte Gespinst hindurch natürlich erschweren würde.

»Von Listen«, sprach Kuhn den für die Außenbeobachtung zuständigen Offizier an, sodass Rohwedder nun endlich auch den Namen des Soldaten erfuhr. »Wie weit dehnt sich der Wald nach beiden Seiten aus?«

»Auf jeden Fall weiter, als unsere Ultrasonarortung reicht, also mindestens zweihundert Kilometer nach beiden Seiten.«

»Gibt es denn keine Karten von dieser Gegend?«, fragte Rohwedder.

»Dummerweise nicht. Wir haben also keine Ahnung, ob wir uns durch den Wald schleichen sollen, oder ob es günstiger wäre, ihn zu umgehen. Dieser verdammte Ozean ist noch weitgehend unerforscht.« Der Kapitänleutnant machte eine wegwerfende Handbewegung. »Nun rächt es sich, dass wir uns nur auf die Errichtung und den Ausbau der Werke konzentriert haben, weil uns diese vermaledeiten Vegalier nur bis Juni 1953 Zeit lassen.«

Kuhn trat vor das Mikrophon auf einem der Seitenpulte, das an ein Funkgerät angeschlossen war, das permanent auf der Flottillenfrequenz sendete, und schaltete es ein. Schließlich sollte Kapitänleutnant Grabowski, der VU-95 befehligte, seine Entscheidung ebenfalls hören: »Wir durchqueren den Myranen-Wald. Schließlich könnte er sich Tausende Kilometer nach beiden Seiten erstrecken. Tiefer als sechshundert Kilometer kann er nicht sein, weil wir wissen, dass es im Umkreis von fünfhundert Kilometern um das Werk keinen solchen Wald gibt.«

Die dunkelgrünen Augen des Navigators funkelten. Liebermann wusste, dass nun sein ganzes Können gefordert war und dass er ein paar höchst anstrengende Stunden vor sich hatte. Er reduzierte die Geschwindigkeit des U-Bootes auf zwanzig Kilometer in der Stunde, kurz bevor das Gespinst der goldenen Bänder erreicht war. Dann tauchte VU-96 dicht gefolgt von ihrem Schwesterschiff in das Geflecht aus langsam wogenden Myranen ein. Einige durchmaßen nur wenige Meter, andere übertrafen in ihrer Dicke die Länge des U-Bootes, die immerhin einhundertsechzehn Meter betrug.

Rohwedder beobachtete die mächtigen goldenen Stämme, die auf den seitlichen Bildschirmen an ihnen vorüber glitten. Immer wieder neigte sich das Unterwasserschiff leicht zur Seite, wenn es von Liebermann erneut in eine Kurve gezwungen wurde, um einem Myranen auszuweichen.

Zwei Stunden später waren die beiden Spezialboote fast vierzig Kilometer tief in das goldene Gespinst eingedrungen.

Die sanften, synchronen Bewegungen der goldenen Schlangen vermittelten Rohwedder das Gefühl, sie befänden sich in einem zusammenhängenden Organismus.

Zwischen den Myranen tauchte ein Schwarm dunkler Schatten auf, die schnell zu blauroten quallenförmigen Gebilden wurden, die rund fünf Meter lange Tentakel hinter sich her zogen. Sie bewegten sich vorwärts, indem sie die halbtransparenten Ränder ihrer halbkugelförmigen Körper ausstülpten und danach ruckartig wieder zusammenzogen.

»Mogs!«, rief einer der Offiziere.

»Na, dann werden wir gleich wissen, ob die gefährlich sind«, meinte der Kapitänleutnant trocken.

Die knapp zwei Dutzend seltsamen Wesen hielten zielstrebig auf die beiden U-Boote zu. Der Schwarm teilte sich in zwei gleich große Teile. Einer davon erreichte Sekunden später VU-96. Ein dumpfes Prasseln war bis in die Zentrale zu hören, als die Quallenkörper unsanft auf der Wandung des U-Bootes landeten.

»Verdammt, was wollen die?«, fragte Truppführer Sanders, ohne eine ernsthafte Antwort zu erwarten. Er verschränkte seine Arme trotzig vor der Brust.

»Außenkameras ausfahren!«, befahl Kuhn. »Auf die Seitenschirme legen!«

Sekunden später wurde das seitlich an ihnen vorbei gleitende Gespinst der goldenen Bänder ersetzt durch den Blick auf die schwarze Außenwand des Unterwasserschiffs. Fünf Mogs waren zu sehen, die ihre Körper auf das Kohlenstoff-Komposit gepresst hatten. Ihre Tentakel hatten sie nach allen Seiten ausgebreitet. Sie schienen sich regelrecht festgesaugt zu haben. Ein hellgrüner Nebel quoll unter den halbkugelförmigen Körpern und den abgespreizten Tentakeln hervor.

»Chemische Analyse!«, befahl Kuhn.

Einer der Offiziere ließ seine Finger über den berührungsempfindlichen Bildschirm gleiten, der vor ihm auf dem silbrig glänzenden Pult stand.

»Im Bereich des Analysators neunundneunzig Komma drei Prozent Wasser …«, begann er die Messergebnisse vorzulesen.

»Beschränken Sie sich nur auf das, was anders ist als normal«, unterbrach ihn der Kapitänleutnant unwirsch.

»Null Komma vier Prozent Flusssäure, der Rest unbekannte organische Säuren.«

»Nehmen wir an, die Flusssäure wird von den Mogs abgesondert. Wenn wir im Bereich des Analysators schon ein knappes halbes Prozent Flusssäure haben, wie hoch ist die Konzentration dann auf der Schiffsoberfläche, dort wo sich die Viecher festgesaugt haben?«, hakte der Kapitänleutnant nach. Die Blicke der Anwesenden richteten sich auf den chemischen Offizier.

»Auf jeden Fall hoch genug, um dem Schiff gefährlich werden zu können.«

Wie zur Bestätigung seiner Worte stiegen jetzt zwischen den Mog-Körpern und der Schiffswandung Gasbläschen hoch, die eine heftige chemische Reaktion anzeigten.

»So eine Scheiße!«, konnte sich Kuhn nicht verkneifen. »Wir müssen die Biester irgendwie loswerden.«

»Zuerst einmal sollten wir die Säurewirkung neutralisieren«, sagte der Chemieoffizier mit ruhiger Stimme.

»Und wie soll das gehen?«

»Mit einer Base natürlich. Wir haben mehrere Fässer Natriumhydroxid an Bord.«

»Wozu?«, fragte Rohwedder.

»Zur Reinigung der Luft- und Trinkwasser-Erneuerungsanlagen«, entgegnete der Soldat mit Chemie-Diplom.

»Und wie bringen wir das Zeugs unter die Mogs?«, mischte sich Sanders ein.

»Jemand muss rausgehen und das Natriumhydroxid, dass wir zuvor in Wasser auflösen, was Natronlauge ergibt, dort verteilen, wo die Mogs ihre Säure absondern.«

»Und wer soll so bescheuert sein, zu den Biestern nach draußen zu gehen?«, lautete die rhetorische Frage des Kapitänleutnants.

»Ich und ein paar Freiwillige meines Bataillons«, entgegnete Rohwedder und fügte hinzu: »Wir wurden für den Einsatz in so ziemlich jeder lebensfeindlichen Umgebung ausgebildet. Vom Weltraum über Planeten mit extrem kalten oder extrem heißen Oberflächen bis hin zu Operationen in den Tiefen von Ozeanen.«

»Und womit wollen Sie sich gegen die Mogs verteidigen?« Kuhn schüttelte den Kopf. »Wir wissen doch so gut wie nichts über die Viecher, also wissen wir auch nicht, was die mit Ihnen anstellen, wenn sie hinaus gehen.«

»Klar wissen wir das nicht«, entgegnete Rohwedder. »Umgekehrt haben aber auch die Mogs offensichtlich keine Ahnung, mit wem sie sich hier anlegen.« Ein breites Grinsen umspielte die Lippen des Majors. »Geben Sie an VU-95 weiter, wie wir vorgehen. Ich nehme an, die haben nun die zweite Hälfte des Mog-Schwarms am Hals. Die sollen sich da drüben ebenfalls bereit machen, mit einem kleinen Trupp auszusteigen, aber erst, wenn wir Erfolg haben. Falls nicht, müssen die sich eben was anderes einfallen lassen.«

Kuhn fragte sich, ob der Bataillonskommandeur wirklich so selbstsicher war oder ob er lediglich seinen Kameraden und vor allem sich selbst Mut machen wollte.

»Ähm, Sie suchen Freiwillige, Herr Major? Einen haben Sie schon«, sagte Sanders, wobei er das Grinsen seines Vorgesetzten zu kopieren schien.

»Sehr schön!«, stellte Rohwedder fest. »Dann traben Sie mal los, suchen zehn Freiwillige aus ihrem Trupp zusammen und wir treffen uns an der Backbordschleuse.« An den Kapitänleutnant gewandt fuhr er fort, während sich Sanders bereits auf den Weg in die Mannschaftsunterkünfte machte: »Es wäre ein netter Zug, wenn Sie die Maschinen während unserer kleinen Aktion stoppen würden. Ich habe nämlich keine Lust, hinter dem Schiff her schwimmen zu müssen. Zusätzlich könnten wir ihren chemischen Offizier ganz gut gebrauchen. Er soll zwar nicht an unserem kleinen Ausflug teilnehmen, aber es wäre zu freundlich, wenn er für uns die Natronlauge aufbereiten könnte.«

Der Chemiker erhob sich hinter seinem Pult. Er war so um die fünfunddreißig. Seine streng zurückgekämmten hellblonden Haare betonten seine Geheimratsecken. Der Kapitänleutnant schenkte ihm ein Nicken, was Zustimmung zu der Bitte Rohwedders signalisierte.

Der Bataillonskommandeur und der Chemiker verließen die Zentrale. Durch den Hauptgang, der das gesamte U-Boot der Länge nach durchzog, gelangten sie zum Lager im Heck. Dort machte sich Julius Dewenter sofort an die Herstellung der Natronlauge in einem speziell dafür vorgesehenen Reaktor, der vom Meerwasser gekühlt wurde. Die Lauge füllte er in Zwanzig-Liter-Kanister, die er auf einer Palette verstaute.

»Bitte gehen Sie zu Regal 47B«, fordert der Chemiker den Major auf. »Dort befinden sich Sprühpistolen mit Schläuchen, die direkt auf die Kanister geschraubt werden können. Wir brauchen zwölf Stück davon.«

Eine halbe Minute später kam Rohwedder mit den Pistolen zurück. Dewenter hatte soeben den zwölften Kanister abgefüllt. Er schob einen Hubwagen unter die Palette und sagte: »Kann losgehen! Ich habe die Lauge mit gelbem Farbstoff angereichert, damit Sie sehen können, wohin Sie das Zeug versprühen und wie es sich im Wasser verteilt.«

Der Major nickte und legte die Kunststoffpistolen auf die Kanister. Anschließend zogen sie den Hubwagen auf den Gang hinaus, bis sie den Zugang zur Backbordschleuse erreichten. Sanders wartete dort bereits mit zehn Soldaten. Sie trugen ihre schwarzen weltraumtauglichen Kampfanzüge. Auf dem Rücken trugen sie jedoch nicht die üblichen Standardtornister mit den Lufterneuerungsanlagen. Diesmal handelte es sich um etwas größere Ausgaben, die einen Einsatz in großen Meerestiefen und unter beachtlichen Drücken ermöglichen sollten.

Rohwedder verzog seine Lippen, als er ebenfalls einen der klobigen Tornister auf seinen Rücken schnallte. Obwohl er schon dutzende Male mit solchen Geräten trainiert hatte, empfand er ihren Gebrauch zumindest in der Anfangsphase als höchst unangenehm.

Statt der üblichen Magnetfeldgewehre schulterten die Soldaten Harpunen, deren Pfeile es im wahrsten Sinne des Wortes »in sich« hatten. Auch nach dem Abschuss blieben sie durch ein dünnes Kabel mit der Harpune verbunden und konnten unter mehrere zehntausend Volt Spannung gesetzt werden. Rohwedder hoffte inständig, dass die Mogs eine derartige Behandlung nicht sonderlich gut vertrugen.

Dewenter entfernte die Verschlüsse von den Kanistern und schraubte stattdessen die Schläuche der Spritzpistolen darauf. Mit Karabinerhaken befestigten die Soldaten die Kanister an ihren Waffengurten. Unter der geringen Schwerkraft Kallistos stellten die Zwanzig-Liter-Behälter nur eine geringe Behinderung dar, die im Wasser völlig verschwinden würde.

»Na dann – viel Glück, Kameraden!«, sagte der Chemiker, während die Soldaten die Gesichtsteile ihrer schwarzen Helme verschlossen und das Mundstück über einen Schlauch mit dem Rückentornister verbanden. Zum Schluss stülpten sie ebenfalls im Schleusenraum bereitliegende Schwimmflossen über die Stiefel ihrer Kampfanzüge.

Dewenter verschloss die Schleusentüre hinter sich. Er hatte ein schlechtes Gewissen, die Kameraden nun ihrem Schicksal zu überlassen. Doch was blieb ihm anderes übrig? Schließlich war er für derartige Einsätze nicht ausgebildet worden.

Nachdem Rohwedder das Mundstück mit dem Rückentornister verbunden hatte, füllte sich sein Mund sofort mit einer neutral schmeckenden Flüssigkeit. Jetzt kam der unangenehme

Teil der Aktion, die den Major einiges an Überwindung kostete. Während das Wasser des Kallisto-Ozeans bereits in den Schleusenraum strömte, schloss er die Augen und – atmete die Flüssigkeit ein. Schnell füllte sie seine Lungen. Hätte es sich um Wasser gehandelt, so wäre er jetzt in kurzer Zeit erstickt. Die Spezialflüssigkeit enthielt jedoch große Mengen an gelöstem Sauerstoff, der von den Lungenbläschen ebenso gut aufgenommen werden konnte wie der Sauerstoff von normaler Atemluft. Der gewaltige Unterschied bestand jedoch darin, dass die Spezialflüssigkeit – im Gegensatz zu Luft – ebenso wie Wasser inkompressibel war, ihre räumliche Ausdehnung unter hohem Druck also nicht veränderte. Deshalb konnte man mithilfe dieser Technik der Flüssigkeitsatmung praktisch unbegrenzt tief tauchen. Der Druck innerhalb des Körpers war immer gleich groß dem Außendruck, weshalb man nichts davon spürte, selbst wenn auf jedem Quadratzentimeter Tonnen einwirkten.

Das Innere des Raumanzuges wurde ebenfalls mit Wasser gefüllt, um die gleiche neutralisierende Wirkung des Druckes zu erreichen. Das entkeimte aus dem Kallisto-Ozean stammende Wasser wurde vom Fusionsreaktor des Anzuges auf dreiundzwanzig Grad erwärmt.

Nachdem die Schleuse vollgelaufen war, öffnete sich das äußere Schott und gab den Blick frei auf die düsteren Wassermassen. Im schwachen Licht der Außenscheinwerfer von VU-96 leuchteten mikroskopische Schwebeteilchen. Sie wurden zu einem feinen Nebel, als Rohwedder über das Multifunktionsgerät an seinem linken Handgelenk die Sichtgläser seiner »Gasmaske« durch Umgruppierung der Moleküle in Restlichtverstärker verwandelte. Nun wirkten mehrere hundert Meter des düsteren Ozeans, als würden sich die Soldaten bei helllichtem Tag unmittelbar unter der Oberfläche des Mittelmeers befinden.

Der Major schwamm als Erster aus dem geöffneten Schott. Sofort sah er drei Mogs, die sich an die schwarze Oberfläche des U-Bootes gekrallt hatten. Ein feiner grüner Nebel umgab die halbtransparenten Wesen, deren Innereien in leuchtendem Rot und Blau strahlten.

Rohwedder hielt in der Linken die Sprühpistole, in der Rechten die Harpune. Mit kräftigen Bewegungen seiner Flossen näherte er sich dem ersten der seltsamen Wesen. Es schien den Kastrup-Soldaten und die ihm folgenden Kameraden nicht zu beachten.

Der Bataillonskommandeur näherte sich bis auf einen Meter dem halbkugelförmigen Quallenkörper, dessen Tentakel flach auf der Bordwand lagen. Dann drückte er auf den Auslöser der Sprühpistole. Ein dünner, gelber Strahl verließ die Pistole und wurde zu einem ockerfarbenen Nebel, der sich mit der grünen Säurewolke vermischte. Gasblasen umgaben den Mog und stiegen in die Höhe. Wild ruckten die nur fingerdicken Tentakel von der Bordwand hoch und hieben nach dem Major, der geschickt auswich und sich mit heftigen Flossenschlägen entfernte.

Die Riesenqualle löste sich vollständig von der Oberfläche und raste auf die Rohwedder folgenden Soldaten zu, die sofort auswichen. Der Mog änderte blitzschnell seinen Kurs. Der weiche Körper prallte gegen einen der Männer, der fast zur Gänze in der Qualle zu verschwinden schien. Dann wickelten sich die dünnen Tentakel um den Schwarzuniformierten. Rohwedder hörte ein grauenhaftes Gebrüll aus den Helmlautsprechern. Roter Nebel umgab den Mog und den Soldaten. Dann wurde der Körper des Soldaten an den Stellen, an denen ihn die Tentakel umschlossen, einfach durchtrennt. Die Tentakel eilten den davonschwebenden Körperteilen nach, um auch diese zu packen und durch bloßen Druck seiner dünnen Extremitäten weiter zu zerteilen.

Vom nackten Grauen gepackt schossen vier Soldaten gleichzeitig mit ihren Harpunen. Die Pfeile verschwanden in der halbtransparenten Masse. Den Bruchteil einer Sekunde später bauten die Harpunen die Hochspannung auf. Für einen kurzen Moment leuchtete der Halbkugelkörper des Mog grell-gelblich auf. Dann zerplatzte er in Tausende Fetzen, die für Unterwasserverhältnisse rasend schnell davonflogen, dann durch die Reibung abgebremst wurden und schließlich langsam an der Bordwand des U-Bootes entlang absanken.

Die elektrische Entladung schien die übrigen Mogs aufgescheucht zu haben. Rohwedder zählte elf Quallen, die sich dicht an der Oberfläche des U-Bootes näherten. Die vier Soldaten, die bereits geschossen hatten, betätigten einen Schalter an den Spulen ihrer Harpunen, weshalb die Drähte mit den zuvor verschossenen Pfeilen an den Enden rasend schnell aufgewickelt wurden. Ihre Kameraden feuerten bereits, als sie noch damit beschäftigt waren, die Pfeile erneut in die Waffen einzulegen und diese zu spannen.

Acht Pfeile rasten acht verschiedenen Mogs entgegen. Die Auswahl des Gegners ergab sich für jeden Soldaten aus der jeweiligen Position – ein Hunderte Male eingeübtes Verfahren, um zu verhindern, dass zwei Soldaten auf denselben Feind schossen.

Die acht Quallen zerplatzten ebenfalls in grellen Leuchterscheinungen. Die übrigen drei schienen das Schicksal ihrer Artgenossen nicht teilen zu wollen. Sie machten kehrt und verschwanden rasend schnell zwischen den mächtigen Myranen-Stämmen, die unbeeindruckt vom Kampf sanft in den Strömungen des Ozeans schwankten.

Rohwedder funkte sofort die Einsatzgruppe in VU-95 an. Er schilderte ihnen die Gefährlichkeit der Mogs und wie man mit ihnen fertig wurde.

Die Soldaten schwammen an der Bordwand des U-Boots entlang und suchten die Stellen auf, an denen sich die Quallen festgesaugt hatten. Die Säure der Angreifer hatte vier bis fünf Zentimeter tiefe Krater in das Kohlenstoff-Komposit geätzt. Dort versprühten die Männer ihre Natronlauge, um die immer noch vorhandenen Säurereste zu neutralisieren.

Anschließend begaben sie sich zurück in die Schleuse. Das Wasser wurde abgepumpt. Rohwedder löste das Gesichtteil seines Helms samt Mundstück und Schlauch. Er atmete so tief aus, wie er konnte, um möglichst viel Flüssigkeit aus den Lungen zu pressen. Mit dem nächsten Atemzug sog er bereits die Luft im Schleusenraum ein, wobei die verbliebene Flüssigkeit in den Lungen einen vollkommen normalen Hust- und Würgeanfall auslöste. Die Soldaten hatten sich kaum an die Umstellung von Flüssigkeitsatmung auf herkömmliche Luft gewöhnt, als sich das innere Schleusenschott öffnete.

Kapitänleutnant Kuhn empfing sie mit ernster Mine. Immerhin hatten die Männer einen ihrer Kameraden verloren.

»Das Ganze hätte noch viel schlimmer ausgehen können«, sagte Kuhn. Wir haben den Kampf über die Außenkameras beobachtet. Die Biester müssen über eine ungeheure Kraft in ihren Tentakeln verfügen. Nur Ihrer geschickten, disziplinierten und furchtlosen Vorgehensweise ist es zu verdanken, dass wir nicht noch mehr Opfer zu beklagen haben.«

»Das ist falsch!«, entgegnete Rohwedder mit schneidender Stimme. »Hätte ich sofort befohlen, auf die Mogs zu schießen, würde Erloffs jetzt mit ziemlicher Sicherheit noch leben. Das Wissen darum, dass wir die Eindringlinge in *ihre* Welt waren, ließ es mich zunächst im Guten versuchen, indem ich mich auf den Einsatz der Natronlauge beschränkte. Eigentlich hätte ich es verdient, dass der Mog mich erwischt, nicht Erloffs.«

»Machen Sie sich keine Vorwürfe, Major«, sagte Kuhn mit beruhigender Stimme. »Wenn Sie gleich die Harpunen eingesetzt hätten und die keine Wirkung gezeigt hätten, wären die Mogs wahrscheinlich auf Sie und ihre Männer losgegangen. Sie konnten eben nicht wissen, wie die Wesen reagieren, also taten Sie einfach das, was Sie für richtig hielten.«

Die Soldaten machten sich auf den Rückweg zur Zentrale, nachdem sie die Flossen und die Harpunen verstaut hatten, die leeren Kanister und die Sprühpistolen übergaben sie dem chemischen Offizier, der ebenfalls zum Empfangskomitee gehörte.

In der Zentrale angekommen gab Kuhn den Befehl an den Navigator, die Fahrt fortzusetzen, nachdem der Funkoffizier gemeldet hatte, dass das Einsatzkommando von VU-95 ohne Verluste mit den Mogs fertig geworden und nun bereit war, dem Schwesterschiff zu folgen.

Weitere drei Stunden ging es durch den dichten Myranen-Wald, der diese Welt unendlich fremdartig erscheinen ließ. Dann lichteten sich die goldenen Bänder. Vor den beiden Unterwasserschiffen lag eine riesige Tiefseeebene, auf der nur noch vereinzelt Myranen wuchsen. Es gab auch keine Hügel, die ein Ausweichen der in einhundert Meter Höhe schwebenden Schiffe nötig gemacht hätte.

»Volle Kraft voraus!«, befahl Kuhn.

Dem Navigator war deutlich anzusehen, wie die Anspannung von ihm abfiel. Jetzt konnte er sich ein wenig erholen, denn geradeaus fahren konnte schließlich jeder. Doch mit der Erholung sollte es schon bald vorbei sein.

*

Niemand hatte den kleinen Raumgleiter bemerkt, der sich in einer Spalte eines Ringwalls des Einschlagkraters Walhalla verborgen hatte. In aller Ruhe hatten die beiden CFR-Soldaten an Bord das Bombardement des Kastrup-Flaggschiffs beobachtet. Von ihrer Position aus hatten sie keine Funkverbindung zu den Relaisstationen in der Nähe des permanent eisfrei gehaltenen Einflugschachtes oberhalb des Werkes zustande bringen können. Deshalb hatten sie einfach abgewartet, bis der gegnerische Kreuzer sein Werk vollendet hatte und zwei weitere die vier U-Boote in dem neu entstandenen See abgesetzt hatten.

Als die neun Kreuzer verschwanden, wagte sich der Gleiter aus dem Spalt heraus. Er schwebte auf eine Höhe von zwei Kilometer und sendete einen gerafften Funkspruch an die Relaisstationen, die die Nachricht sofort an Präsident House weiterleiten würden. Sie schilderten kurz das Absetzen der U-Boote mit dem Vermerk, dass das Werk in ein paar Stunden ungebetenen Besuch erhalten sollte.

Die Anwesenheit des Gleiters in unmittelbarer Nähe der Aktion der Kastrup war ein extrem unwahrscheinlicher Zufall. Doch Zufälle dieser Art hatten unzählige Schlachten entschieden, den Ausgang von Kriegen bestimmt und die Geschichte der Menschheit in erheblichem Maße beeinflusst.

Edward Mandell House befand sich gerade in seiner Privatkabine, als die Meldung des Gleiters auf seinem Bildschirm eintraf. Bei ihm war General Johnson, den er zum Oberbefehlshaber der CFR-Streitkräfte inklusiv der insgesamt zehn Schiffe starken Kreuzerflotte ernannt hatte. Thema des Gesprächs waren die Maßnahmen, die es nun zu ergreifen galt. Schließlich hatte der CFR den Großteil der Werke und der Kreuzerflotte an die Kastrup verloren.

Der einundneunzigjährige CFR-Präsident wirkte äußerlich, als wäre er zwischen vierzig und fünfzig Jahre alt – ein Ergebnis der auf V-Technologie basierenden Medikamente, die ihm seit Mitte der Dreißigerjahre verabreicht wurden. Er zog seine dunkelblonden Augenbrauen hoch, was seine hohe Stirn in Falten warf, als der Signalton für eine eingehende Nachricht mit höchster Priorität erklang. Er erhob sich von der lindgrünen Sitzgruppe, die um einen gläsernen Nierentisch gruppiert war, auf dem zwei Gläser Coca Cola standen. Über einen knöcheltiefen, zitronengelben Teppich gelangte er zu seinem Schreibtisch, auf dem Monitor und Tastatur seines nach dem Vorbild der Vegalier erbauten und von den Engländern so genannten »Computers« standen. Der Druck auf die Leertaste aktivierte den ultraflachen Bildschirm auf Flüssigkristallbasis.

Mit dem Zeigefinger berührte der Präsident das Symbol für die elektronische Post. Es erschien eine Liste mit Einträgen. Der oberste blinkte in roter Schrift, um seine Dringlichkeit zu verdeutlichen.

House berührte den Eintrag. Die Nachricht wurde geöffnet und füllte nun den gesamten Bildschirm aus. Bereits nachdem er den ersten Satz gelesen hatte, erkannte der Präsident die Bedeutung der Nachricht, die für General Geoffrey Johnson ebenfalls von höchster Wichtigkeit war. Deshalb las er laut vor:

»Neun Kreuzer der Kastrup über Walhalla gesichtet. Loch in Eiskruste gesprengt. Vier U-Boote abgesetzt. Aufgezeichnete Videosequenzen in der Anlage.«

Der CFR-Chef öffnete die Anlage. Zusammen mit Johnson, der hinter ihn getreten war, sahen sie einen kleinen Film, der die Aktion der Kastrup zeigte.

»Welche Gegenmaßnahmen schlagen Sie vor?«, wollte House von seinem obersten Militär wissen.

Mit ruhiger, selbstsicherer Stimme entgegnete der General: »Dass wir die Operation des Gegners überhaupt entdeckt haben, ist dem höchst unwahrscheinlichen Zufall zu verdanken, dass einer unserer Gleiter in der Nähe war. Folglich wird die Kastrup davon ausgehen, dass sie sich mit ihren U-Booten unbemerkt dem Werk nähern können. Es ist davon auszugehen, dass sie die Notevakuierungssysteme der Spezialboote zu nutzen gedenken, um in unseren Stützpunkt einzudringen und uns mit einem Überraschungsangriff zu überwältigen. Schließlich sind wir erst in der Lage, sie per Ultrasonar zu entdecken, wenn sie sich nur noch wenige Kilometer vom Werk entfernt befinden. Die verbleibende Zeit würde kaum reichen, eine effektive Verteidigung zu organisieren. Da ihre Überraschung nun keine mehr sein wird, schlage ich vor, Ultrasonarsonden auszusenden, die uns die genau Position der U-Boote mitteilen werden. Dann schicken wir ihnen reichlich Torpedos auf den Hals, was unser kleines Problem nachhaltig lösen sollte. Und zur Sicherheit, falls doch eines der Boote durchkommt, versetzen wir das gesamte Werk in Alarmbereitschaft, um die Eindringlinge gebührend zu empfangen.«

»Sind Sie sicher, dass unsere Torpedos die VU-Boote auch erwischen werden?«

»Zwei oder drei Torpedos können sie vielleicht ausweichen, doch viele Hunde sind des Hasen Tod.« Ein zuversichtliches Lächeln umspielte die Lippen des knapp zwei Meter großen Generals.

*

Mit einhundertsiebzig Stundenkilometern rasten die beiden VU-Boote in nur fünfzig Meter Höhe über Grund dahin. Die trostlose gelblichblaue Landschaft aus Schlamm glitt unter ihnen vorbei. Die einzige Abwechslung boten zwei- bis dreihundert Meter durchmessende Krater, die fünfzig Meter tief in den Grund geschlagen worden zu sein schienen und von zwanzig Meter hohen Ringwällen umgeben waren. Der Ursprung dieser Krater war völlig unbekannt. Bislang hatte die Zeit gefehlt, sich näher mit ihnen zu beschäftigen.

»Entfernung bis zum Ziel achtzig Kilometer«, meldete der Erste Offizier und Navigator Friedrich Liebermann.

Diese Meldung erzeugte in Rohwedder das Kribbeln, das er jedes Mal empfand, unmittelbar bevor es in einen Kampfeinsatz ging. In einer halben Stunde würden sich die als Evakuierungsbohrer bezeichneten Röhren mit mehreren tausend Umdrehungen um ihre Längsachse in die Außenwand des Werkes fressen. Sobald der Durchbruch erzielt war, würden sich die Nanomaterialien auf der Oberfläche der Röhren mit dem Material der durchbrochenen Wände verbinden und so einen weiteren Wassereinbruch unterbinden. Diese für die Evakuierung in Not geratener unterseeischer Werke konstruierte Ausrüstung der VU-Boote sollte nun für den umgekehrten Zweck genutzt werden: das Einschleusen von Invasionstruppen.

Die Raumlandetruppen auf beiden U-Booten befanden sich bereits in voller Ausrüstung bei den Evakuierungsbohrern. Rohwedder und Sanders würden kurz vor dem Einsatz zu ihnen stoßen. Zuvor wollte der Major so lange wie möglich in der Zentrale bleiben, um auch nicht die kleinste, noch so unbedeutend erscheinende Kleinigkeit zu verpassen.

Zwanzig Kilometer vor dem Ziel passierten jedoch keine Kleinigkeiten, sondern es bahnten sich Dinge an, die die gesamte Einsatzplanung durcheinander warfen. Es begann mit der Meldung des Ortungsoffiziers: »Vier kleine Objekte nähern sich mit zweihundert Kilometern pro Stunde. Entfernung fünf Kilometer. Wahrscheinlich Torpedos!«

»Gegentorpedos abfeuern!«, befahl Kuhn, ohne eine Sekunde zu überlegen.

Zwei Geschosse verließen die Rohre von VU-96. Fünfzehn Sekunden später ereignete sich in zweieinhalb Kilometern Entfernung eine gewaltige Detonation. Deutlich war die Glutwolke auf dem Hauptbildschirm zu sehen. Sie dehnte sich langsam aus und bildete eine riesige Wolke gasförmigen Wassers, die zur Oberfläche des Ozeans aufstieg, bis sie in einigen Minuten den Eispanzer erreicht haben würde.

»Ein Torpedo ist durchgekommen!«, rief der Ortungsoffizier. Dann stutzte er und fügte hinzu: »Weitere vier Torpedos in fünf Kilometer Entfernung.«

»Gegenfeuer und Ausweichmanöver!«

Fünfzehn Sekunden später war das gegnerische Unterwassergeschoss heran. VU-96 vollführte mit voller Kraft einen verzweifelten Bocksprung nach oben. Der Torpedo raste knapp unter dem Boot hinweg. Gleichzeitig detonierte zweitausendfünfhundert Meter entfernt die zweite Welle Abwehrtorpedos.

»Planänderung!«, rief Rohwedder in das Chaos. »Feuern Sie einen Torpedo ab, wenn uns die gegnerischen erreichen, und lassen Sie ihn an unserem jetzigen Standort explodieren. Gleichzeitig setzen Sie das Boot in dem Krater dort vorne«, er deutete auf den Hauptbildschirm, »auf Grund. Befehlen Sie VU-95, das Gleiche zu tun. Wenn wir Glück haben, glauben die Arschlöcher vom CFR, sie hätten uns erwischt.«

Noch während der Major sprach, führte der Kapitänleutnant den Befehl auch schon aus. Er ließ die VU-96 absacken und den Täuschtorpedo abfeuern. Das kurz hinter ihnen fahrende Schwesterschiff handelte synchron.

Die beiden U-Boote verschwanden hinter dem Kraterwall, als über ihnen die beiden Täuschtorpedos detonierten. Der Abstand zu den Explosionen betrug nur hundert Meter. Die Druckwellen pressten die beiden Spezialboote noch schneller in den Krater hinein. Im Innern fühlte es sich an, als ob ein Riese die Schiffe mit einem Hammer bearbeitete. Kuhn hatte sich an einem Pult festgehalten. Rohwedder und Sanders, die sich weniger mit der Wirkung von Unterwasserexplosionen auskannten, wurden von den beiden Erschütterungen von den Füßen geholt.

»Schadensmeldung!«, bellte Kuhn, als die gegnerischen Torpedos über den Krater hinweg schossen.

»Kein Wassereinbruch!«

»Fusionsgeneratoren arbeiten fehlerfrei!«

»Optiken unbeschädigt!«

In einer fest vorgegebenen Reihenfolge kamen die Meldungen der verschiedenen Funktionsbereiche.

Rohwedder schaltete sein Helmfunkgerät auf Bataillonsfrequenz. Von den Anlagen des U-Bootes verstärkt, war sein Befehl auf beiden Schiffen in den Helmlautsprechern der Raumlandesoldaten zu hören:

»Planänderung!«, wiederholte er, nun aber an seine Soldaten gewandt. »Tornister für Flüssigkeitsatmung und Schwimmflossen anlegen! Tornister für Luftatmung an Waffengurte hängen. Bewaffnung wie gehabt. Schnellstmöglich ausschleusen! Weitere Befehle folgen, wenn wir draußen sind.«

Der Major rannte dem Ausgang der Zentrale zu und bedeutete seinen Truppführern per Handzeichen, ihm zu folgen.

»Was haben sie vor?«, rief ihm der Kapitänleutnant nach.

»Keine Zeit! Vertrauen Sie mir!«, kam noch zurück, bevor sich das Schott der Zentrale hinter den vier Raumlandesoldaten schloss.

Ein ziemlich ratloser U-Boot-Kommandant blieb mit seinen nicht minder ratlosen Offizieren zurück. Es entbrannte eine heftige Diskussion darüber, was der »verrückte Major« vorhatte. Immerhin beruhigte sich die Situation ein wenig, als die Meldung hereinkam, dass die ausgeschleusten Ultrasonarsonden keine Annäherung weiterer Torpedos orteten.

*

»Treffer! Zwei dicht aufeinanderfolgende Explosionen. Die Krauts[11] sind erledigt!«, schrie der Feuerleitoffizier in der Zentrale des Werkes begeistert. House und Johnson nahmen die Meldung, ohne auch nur die geringste Emotion zu zeigen, zur Kenntnis.

»Das Gebiet nach Wrackteilen absuchen!«, befahl Johnson, nachdem der Jubel in der Zentrale abgeklungen war. »Wir müssen sicher sein, dass die Bedrohung abgewendet wurde.«

»Ortung!«, rief Jackson, ein Afroamerikaner, der für die Raumüberwachung zuständig war. »Neun Kreuzer nähern sich mit hoher Geschwindigkeit.«

»Geschütztürme ausfahren und Abwehrfeuer eröffnen!«, sagte Johnson mit einer Ruhe, als habe er festgestellt, dass der Boden der Zentrale wieder einmal gebohnert werden musste.

Eine gespannte Stille kehrte ein. Dann lief ein Zittern durch die Zentrale, das in unregelmäßigen Abständen auf- und abklang.

---

11 »Kosename« der Briten und Amerikaner für Deutsche.

»Der Feind hat mit dem Beschuss des Eispanzers mit Fusionsgranaten begonnen«, meldete Jackson. Kleine Schweißtröpfchen hatten sich auf seiner Stirn gebildet. »Vermutlich will die Kastrup einen zweiten Durchgang neben unserem Einflugschacht freibomben.«

»Unsinn! Das ist nur das Ablenkungsmanöver, das unsere Aufmerksamkeit von den U-Booten abwenden soll«, entgegnete Johnson ein wenig ungehalten. »Die Besatzungen der Kreuzer können schließlich nicht wissen, dass wir die U-Boote längst entdeckt haben.«

»Sollen wir trotz des Angriffes nach Wrackteilen suchen?«, fragte Captain Furgensen, der die vier Spezial-U-Boote in den Hangars des Werkes befehligte.

»Warten Sie, bis sich die Kreuzer zurückziehen. Falls sie tatsächlich den Eispanzer durchbrechen und ein paar Fusionsgranaten in den Ozean schießen, könnten die Druckwellen ihre U-Boote gefährden. Wenn es sich bei dem Angriff aus dem Raum nur um eine Finte handelt, kann es nicht mehr lange dauern, bis sich die Krauts zurückziehen.«

Die rund um den permanent eisfrei gehaltenen Einflugschacht positionierten Geschützkuppeln eröffneten ein mörderisches Abwehrfeuer, das den Gegner davon abhalten sollte, direkt in den Schacht hinein zu schießen. Auf dem Hauptbildschirm waren die aus der Mikrowellenortung vom Zentralrechner kreierten Bilder der gegnerischen Kreuzer zu sehen, die mit wilden Manövern immer wieder anflogen, ein paar Schüsse abgaben und sich dann wieder zurückzogen. Zwischen ihnen explodierten lautlos die Fusionsgranaten der Abwehrgeschütze. Es war nur eine Frage der Zeit, bis einer der Kastrup-Raumer ernsthaft getroffen wurde. Johnson ging davon aus, dass sein Gegenspieler es nicht so weit kommen lassen würde und sich zurückzog, sobald er davon ausging, dass der Angriff der U-Boote auf das Werk begonnen hatte.

Er sollte Recht behalten. Die Schockwellen der an der Oberfläche einschlagenden Fusionsgranaten ließen eine halbe Stunde später merklich nach und verschwanden weitere zehn Minuten später völlig.

»Der Feind zieht sich zurück«, meldete Jackson überflüssigerweise.

*

Die dreihundertfünfzig Mann des 34. Raumlandebataillons verließen die beiden U-Boote auf dem Grund des Kraters durch die Heckschleuse. Jeder von ihnen war mit einem Tornister für Flüssigkeitsatmung ausgestattet und trug einen weiteren für konventionelle Luftatmung an seinem Waffengürtel. Zusätzlich waren die Männer mit magnetfeld-stabilisierten Gewehren und Fusionsgranaten ausgerüstet.

In sechs Trupps à fünfundfünfzig bis sechzig Mann aufgeteilt schwammen sie den Ringwall des Kraters empor, in dem VU-95 und -96 lagen.

Rohwedder blickte sich noch einmal um, bevor er über den Rand des Walls hinweg schwamm. Der Restlichtverstärker der Sichtgläser seiner »Gasmaske« ließen ihn im schwachen Licht seiner Brustlampe sehen wie am Tage, wobei jedoch alles einen leichten Grünstich hatte.

Die beiden Spezialboote lagen parallel zueinander in fünfzig Meter Entfernung. Ihre vorne abgerundeten, zylinderförmigen Körper mit den Türmen wirkten wie pechschwarze Kohle und hoben sich deutlich vom gelblichen Braun des Schlamms ab. Falls der CFR Suchmannschaften aussandte, würden sie die beiden mehr als einhundert Meter langen U-Boote nicht übersehen können.

Vor den Raumlandesoldaten breitete sich die weite, glatte Ebene aus, die lediglich von weit entfernten Kratern unbekannten Ursprungs unterbrochen wurde.

»Bis kurz über Grund absinken lassen!«, befahl der Major über Helmfunk, dessen Sendeenergie so bemessen war, dass er in einhundert Meter Entfernung praktisch nicht mehr anzupeilen war.

Mit kräftigen Schlägen ihrer Flossen bewegten sich die Soldaten kopfüber an der Außenseite des Ringwalls entlang, erreichten kurz darauf die Ebene und nahmen dann knapp über Grund Kurs auf das Werk, das sich in etwas mehr als vier Kilometer Entfernung befand.

Der Bataillonskommandeur nutzte die Zeit, um den Soldaten seine Planung zu erklären. Die ganze Aktion war bislang so hektisch verlaufen, dass die Männer noch keine Ahnung davon hatten, was der Major eigentlich genau vorhatte.

»Wie ihr wisst, hat das Werk die Form einer fünfhundert Meter durchmessenden Halbkugel, die auf Stelzen steht. Von der Unterseite aus graben sich Schaufelbagger in die darunter liegende Mine und fördern den Aushub, der reich an Edelmetallen ist, in eine riesige Schleusenhalle. Sobald die voll ist, stellen die Bagger ihre Tätigkeit ein und ziehen sich mit ihrem oberen Ende aus der Halle zurück. Die Schleuse wird verschlossen und das Wasser abgepumpt. Anschließend wird das abgebaute Erz über Förderbänder in die Verarbeitungsanlagen geschafft, die die Edelmetalle von Schlamm und Gestein trennen. Danach wird die Halle erneut geflutet, und die Schaufelbagger beginnen ihre Arbeit von Neuem. Ein solcher Zyklus dauert etwa zwei Stunden.

Wir dringen in die Schleusenkammer ein. Falls wir Glück haben, ist die schon einigermaßen voll, weshalb wir nicht lange warten müssen, bis sie sich schließt und das Wasser abgepumpt wird. Wenn wir Pech haben, wurde sie unmittelbar vor unserem Eintreffen geleert, und wir müssen dann zwei Stunden im Dreck ausharren.

Wie auch immer – sobald sich die inneren Schotts öffnen, damit der Aushub abtransportiert werden kann, sind wir drin! Dann kann sich der CFR über unseren netten Besuch freuen. Fragen dazu?«

»Feldwebel Wolf hier! Wird uns der CFR nicht durch einfache optische Beobachtung entdeckt haben, bevor wir das Werk erreichen?«

»Unwahrscheinlich«, gab Rohwedder zurück. Frage und Antwort waren wie die kurze Ansprache des Majors für alle zu hören, da sie auf der Bataillonsfrequenz gesendet wurden. »Das Werk wird von Zeit zu Zeit ein paar Meter versetzt, sobald die Stelle, an der gegraben wird, weitgehend ausgebeutet ist beziehungsweise bereits so tief gebaggert wurde, dass die Fortsetzung an anderer Stelle einfach ökonomischer ist. Das Werk wandert im Laufe der Monate von unserer jetzigen Position aus gesehen von uns weg. Deshalb werden wir ein Netz aus Gräben, entstanden durch vorherige Grabeaktivitäten, vor dem Werk vorfinden. Diese Vertiefungen sollten uns genügend Sichtschutz bieten, sodass hoffentlich keiner der CFR-Leute uns entdeckt.«

Langsam glitt der schlammige Boden unter ihnen hinweg. Rohwedder erkannte wenige Zentimeter große, linsenförmige Lebewesen, die mit Hunderten, winzigen Tentakeln paddelnd vor ihm Reißaus nahmen.

Nach zwanzig Minuten kamen die Gräben im verstärkten Restlicht der in die Brust der Kampfanzüge integrierten Lampen in Sicht. Die von den Schaufelbaggern hinterlassenen Vertiefungen waren umgeben vom Auswurf, den die Station produziert hatte, nachdem die Edelmetalle extrahiert worden waren. Zurück blieb eine zerklüftete Landschaft mit unregelmäßig verlaufenden, bis zu einhundert Meter tiefen Spalten.

Die dreihundertfünfzig Raumlandesoldaten tauchten in eine der Vertiefungen ein, die im Zickzack in jene Richtung führte, in der sich das Werk befinden musste.

Während er seinen Soldaten befahl, so tief wie möglich hinabzusinken, hielt sich Rohwedder selbst am oberen Rand des

Grabens auf, um auf die mögliche Annäherung des Gegners vorbereitet zu sein. Doch niemand ließ sich blicken, bis sich nach einer weiteren halben Stunde die Konturen des Werkes aus der Finsternis des Ozeans zu schälen begannen.

»Lampen ausschalten!«, befahl der Bataillonskommandeur.

Nachdem alle den Befehl ausgeführt hatten, konnten die Soldaten immer noch einigermaßen deutlich sehen. Das dazu notwendige Licht stammte von den Scheinwerfern der Station, die der Besatzung eine optische Außenbeobachtung ermöglichen sollten.

Der Major ließ sich nun ebenfalls bis auf den Grund des Grabens hinabsinken, um das Risiko einer Entdeckung auf ein Minimum zu beschränken. Das Bataillon brauchte zehn weitere Minuten, bis sie den ersten Schaufelbagger erreichten, der sich bis in eine Tiefe von achtzig Meter gefressen hatte. Über ihnen wirkte die Station wie ein schwarzer Schatten – schließlich war sie aus dem gleichen Kohlenstoff-Komposit erbaut worden, das auch bei den Hüllen der Kreuzer und VU-Boote Anwendung fand.

Die quaderförmige Halle für den Aushub sah aus wie einfach an die Unterseite der Station angeflanscht. Die einhundert Meter breite Außenschleuse war geöffnet. Feine Schlammwolken drangen daraus in die finsteren Weiten des Ozeans.

Vier Bagger reichten vom Grund des Grabens bis in die geöffnete Schleuse hinein.

»Wir gehen rein!«, befahl Rohwedder knapp und schwamm an der Spitze seiner Männer entlang dem vordersten Bagger nach oben. »Sobald wir drinnen sind, können die Brustlampen wieder eingeschaltet werden. Funkgeräte abschalten! Das Risiko, angepeilt zu werden, wäre innerhalb der Station zu groß.«

Kurz darauf befanden sich dreihundert Soldaten in der vierzigtausend Quadratmeter großen Halle, die bereits bis zur Hälfte gefüllt war und kaum vom Streulicht der Außenscheinwerfer des Werkes erhellt wurde. Sie schalteten ihre Lampen auf niedrige Intensität, ließen sich auf das Fördergut nieder und mussten in der folgenden halben Stunde immer wieder ihre Position wechseln, um nicht unter den von den Schaufelbaggern herbeigeschafften Geröll- und Schlammmassen begraben zu werden.

Schließlich schwenkten die oberen Enden der schweren Fördermaschinen aus der Schleuse. Lautlos schlossen sich die beiden Hälften des äußeren Schleusenschotts. Ohne das Streulicht der mit geringster Intensität arbeitenden Brustlampen wäre es nun stockfinster gewesen. Dann entstand an der Decke ein silbern flimmernder Spalt, der sich rasch vergrößerte.

Die gesamte Hallendecke wird eingefahren. Darüber muss sich die Halle mit den Förderbändern befinden. Sie ist mit Luft gefüllt und beleuchtet, weshalb die Wasseroberfläche silbern schimmert, kombinierte Rohwedder.

Zwei Minuten später war die Decke vollkommen verschwunden. Die Soldaten schwammen an die Oberfläche. Die restlichtverstärkende Wirkung ihrer Sichtgläser wurde automatisch auf Null reduziert, denn in der über ihnen liegenden Halle war es taghell.

An der Decke liefen Kräne an Doppel-T-Trägern entlang, deren Greifer an Stahlseilen in die Fluten hinabgelassen wurden, um Sekunden später voller Fördergut wieder aufzutauchen. Die schwimmenden Soldaten mussten höllisch aufpassen, nicht von einem dieser Greifer erwischt zu werden.

Das geförderte Material verbrachten die Kräne auf zwei breite Förderbänder, die an den Wänden einen halben Meter oberhalb der Wasseroberfläche angebracht worden waren.

Rohwedder schwamm hinüber zu einem der auf einer Konstruktion aus Stahlrohren montierten Bänder. Er schlug heftig mit den Flossen, damit er eines der Rohre zu greifen bekam. Dann zog er sich aus dem Wasser und kletterte über die Konstruktion auf das Förderband, das ihn dem Ausgang entgegen trug. Dreihundertfünfzig Elitesoldaten wiederholten die anstrengende Prozedur, die weniger trainierten Männern unmöglich gewesen wäre.

Über das Multifunktionsgerät am linken Handgelenk löste der Major die nanotechnologische Verbindung zwischen Gesichtsteil und Helm. Ein Schwall der sauerstoffreichen Flüssigkeit rann seinen Kampfanzug hinunter. Hustend und prustend entfernte er die Reste aus seiner Lunge, während er die Schwimmflossen von den Stiefeln zog. Dann hakte er seinen Rückentornister aus und ließ ihn achtlos auf das Förderband fallen. Er würde ihn nicht mehr brauchen, denn eine Flucht zurück in den Ozean, falls das Unternehmen scheiterte, kam für ihn nicht infrage. Mit tausende Male geübten Handgriffen befestigte er den Tornister für Luftatmung auf dem Rückenteil seines Kampfanzuges, nachdem er ihn vom Waffengurt genommen und Schlauch plus »Gasmaske« daran befestigt hatte. Natürlich hätten die Soldaten auf die Luftversorgung innerhalb des Werkes verzichten können, doch nun waren sie gegen Gasangriffe geschützt, und das Gesichtsteil bewirkte einen – wenn auch nur geringen – Schutz gegen Projektile.

Die Förderbänder führten durch zwei rechteckige Öffnungen in den Bereich des Werkes, in dem die Edelmetalle aus dem Fördergut extrahiert wurden. Rohwedder sah die Bänder dort in zwei gewaltigen Kesseln verschwinden. Die Soldaten sprangen ab. Das war der Moment, in dem das auf- und abschwellende Heulen von Sirenen ertönte.

»Wir sind entdeckt! Funkgeräte können wieder eingeschaltet werden«, funkte Rohwedder, wobei sich seine Stimme fast gelangweilt anhörte, als hätte er hinzufügen wollen: »War ja klar, dass das passieren musste, aber muss das denn unbedingt so früh sein?«

*

Die vier VU-Boote des Werkes waren soeben ausgelaufen, um nach Wrackteilen der Unterseeschiffe der Kastrup zu suchen, als der Alarm ausgelöst wurde. House befahl sofort, den Bauplan des Werkes auf den Hauptbildschirm der Zentrale zu legen. Ein roter, blinkender Punkt symbolisierte den Ort, an dem der Alarm ausgelöst worden war.

»Der Förderbereich!«, rief jemand überflüssigerweise.

Der CFR-Präsident schaltete sofort. Ihm war im gleichen Moment klar, dass die gegnerischen U-Boote nicht vernichtet worden waren. Wahrscheinlich waren die Explosionen eine Finte, und die Kastrup hatte im Schutze irgendeiner Geländeerhebung Invasionstruppen ausgeschleust, die nun über die Förderanlage ins Werk eingedrungen waren.

»Johnson! Schicken Sie alles, was eine Waffe tragen kann, in die kritische Zone. Die gesamte Förderanlage muss isoliert werden.«

Für einen Moment erwog House, die Schotts schließen zu lassen. Doch er verwarf den Gedanken. Denn sollte er recht haben, und es handelte sich um schwerbewaffnete Invasionstruppen, so würden sie sich von geschlossenen Schotts nicht aufhalten lassen. Waren die beiden U-Boote jedoch tatsächlich schwer beschädigt worden, und es handelte sich bei den Eindringlingen um Besatzungsmitglieder, die sich hatten retten können, so würden diese leicht zu überwältigen sein. Dieser letzten Möglichkeit räumte der CFR-Präsident jedoch nur eine geringe Wahrscheinlichkeit ein, weil der Gleiter schließlich vier U-Boote gemeldet hatte, die im Krater Walhalla gewassert worden waren. Zwei davon waren bislang nicht in Erscheinung getreten. Eventuelle Überlebende der ersten beiden Boote hätten ihre Rettung eher an Bord dieser Schwesterschiffe gesucht, anstatt sich in die Höhle des Löwen zu begeben.

Nein, was hier im Gange war, musste eine Invasion sein, die nach der Entdeckung der beiden VU-Boote blitzschnell geplant worden war.

Johnson ließ derweil die Lautsprecher der Rundsprechanlage im Bereich der Förderanlage ausschalten, damit der Gegner seine nun folgenden Anweisungen nicht hören konnte. Er klärte die Besatzung des Werkes kurz über die Lage auf und teilte dann die Kampfverbände auf die insgesamt sechs Zugänge des Förderbereichs auf. Er gab den Befehl, ohne Rücksicht auf die Einrichtung des Werkes gegen die Eindringlinge vorzugehen. Zerstörte Förderanlagen konnten ersetzt werden; falls das gesamte Werk jedoch an den Gegner verloren ging, würde es aller Wahrscheinlichkeit unmöglich sein, es jemals zurückzuerobern.

Insgesamt war der General zuversichtlich. Im schlimmsten Fall waren die gegnerischen U-Boote nicht oder nur kaum beschädigt worden und konnten ihre gesamten Invasionstruppen ausschleusen. Dabei konnte es sich aufgrund des beschränkten Platzes innerhalb der Unterwasserschiffe um höchstens vierhundert Mann handeln. Diese würden in wenigen Minuten etwas mehr als zweitausend bestens ausgebildeten CFR-Soldaten gegenüberstehen.

Johnson wusste um die legendäre Kampfkraft der Kastrup. Doch gegen eine mehr als fünffache Übermacht würden selbst diese Elitesoldaten chancenlos sein.

*

Die Baupläne des Werkes waren Rohwedder bestens bekannt – schließlich hatte die Kastrup den Kallisto-Stützpunkt federführend erbaut. Die Strategie des Majors bestand nicht darin, sämtliche gegnerischen Soldaten auszuschalten. Falls dies überhaupt möglich gewesen wäre, so hätte dies einen extremen Blutzoll gekostet. Deshalb konzentrierte er seine Truppen auf einen einzigen der sechs Ausgänge aus dem Förderbereich. Es handelte sich um den Zugang der Wissenschaftler und Techniker, die Wartungsarbeiten oder Analysen des Fördermaterials vornahmen. Die angrenzende wissenschaftlich-technische Sektion hatte einen gewaltigen Vorteil im Hinblick auf die Pläne Rohwedders: Sie lag genau zwischen dem Förderbereich und der Zentrale des Werkes – dem eigentlichen Ziel der gesamten Operation. War die Zentrale erst erobert, so konnten die Abwehrforts an der Oberfläche abgeschaltet werden, was den Kreuzern von Dankenfels' mit der gesamten 5. Raumlandebrigade an Bord den Einflug erlauben würde.

Rohwedder stürmte seinen Kameraden voran an den Kesseln, die das Fördergut aufnahmen, vorbei und erreichte das fünf Meter im Quadrat messende Panzerschott zur wissenschaftlichen Sektion. Es stand offen, die beiden Hälften waren in den Wänden verschwunden, konnten aber im Falle eines plötzlichen Wassereinbruchs in wenigen Sekunden ausgefahren werden. Gleich neben ihm rannten die beiden jungen Feldwebel Wolf und Hölzen, die sich in mehreren Kämpfen bereits hervorragend bewährt hatten.

Dahinter befand sich ein hell beleuchteter Gang, dessen Querschnitt die Maße des Schotts hatte. Zu beiden Seiten befanden sich Glastüren in den Wänden, die zu den angrenzenden Labors und den Lagern für die technische Ausrüstung führten.

Während der Major mit dem ersten, aus sechzig Mann bestehenden Trupp weiter voranstürmte, drangen die nachfolgenden Soldaten in die Räume auf beiden Seiten des Ganges ein, um sie zu sichern. Ein plötzlich in ihrem Rücken auftauchender Gegner wäre schließlich fatal gewesen. Sie fanden einige Dutzend verängstigte Techniker vor, die offensichtlich nicht schnell genug aus der Sektion hatten fliehen können und sofort ihre Hände über die Köpfe hoben.

Die ersten der dreihundertfünfzig Schwarzuniformierten mit ihren martialisch anmutenden »Gasmasken« erreichten unangefochten die nächste Gangkreuzung in einhundert Metern Entfernung vom Schott.

Rohwedder spähte rechts um die Ecke und sah Dutzende schwer bewaffnete CFR-Soldaten heranstürmen. Ihre Spitzen waren noch rund fünfzig Meter entfernt. Dieser Umstand, die Gangkreuzung vor dem Gegner erreicht zu haben, war ein entscheidender Vorteil, den der Major sofort zu nutzen gedachte. Er löste eine Fusionsgranate vom Waffengürtel, stellte ihre Sprengkraft mithilfe des Multifunktionsgeräts über Funk auf drei Kilogramm TNT ein und warf sie dem Gegner entgegen. Die Kameraden pressten sich ebenso wie der Major gegen die rechte Gangwand.

Ein ungeheures Donnern krachte, von einer Feuerzunge begleitet, im Quergang an ihnen vorbei. Kaum war die Explosion abgeebbt, sprang der Major mit einem Dutzend Kameraden des ersten Trupps vor und feuerte mit den MSGs in die Richtung, aus der der Feind vorzudringen beabsichtigt hatte.

Im Staub der Detonation sahen sie schemenhafte Gestalten, die weiter hinten unter dem Gewehrfeuer zusammenbrachen. Vorne lagen die grauenhaft zugerichteten sterblichen Überreste der CFR-Soldaten, die an der Spitze vorangestürmt und von der vollen Wucht der Explosion überrascht worden waren. Der Bataillonskommandeur bedauerte den Tod der gegnerischen Soldaten. Seiner Meinung nach handelte es sicherlich um tapfere Männer, die seiner Ansicht nach das Pech hatten, auf der falschen Seite zu kämpfen. Sein gesamter Plan war auf einen schnellen Vormarsch ausgerichtet. Sollte das Vordringen seines Bataillons auch nur ins Stocken kommen, so war das ganze Unternehmen so gut wie gescheitert. Vor diesem Hintergrund sah Rohwedder keine Alternative zu seiner rücksichtslosen Vorgehensweise.

Der Gegner ergriff die Flucht. Rohwedder und seine Kameraden folgten ihnen. Sie verschwanden hinter der nächsten Gangkreuzung nach links. Der Major wusste, dass dies der direkte Weg zur Zentrale war. Doch nun war der CFR im Vorteil. Im Schutze der Kreuzung warf einer der Fliehenden ebenfalls eine Fusionsbombe. Doch damit hatten die Kastrup-Soldaten gerechnet. Sie warfen sich durch die in diesem Gang ebenfalls verbauten Glastüren und suchten blitzschnell hinter den Wänden auf dem Boden liegend Schutz.

Feldwebel Wolf hatte sich im Bruchteil einer Sekunde entschieden, einen links liegenden Raum zu wählen. Er durchbrach die Glastür, die in Tausende Splitter zerstob, und warf sich hinter der Wand zu Boden. Die folgende Detonation der Fusionsgranate hätte ihm das Trommelfell zerrissen, wenn er nicht den Raumhelm getragen hätte. Ein Teil der Wand stürzte ein. Schwere Gesteinsbrocken prasselten auf ihn hernieder, doch die Kohlenstoff-Nanoröhren seines Kampfanzuges hielten der Belastung mühelos stand. Der Schweiß trat ihm aus allen Poren, als er sich mit aller Gewalt gegen die auf ihm liegenden Trümmer stemmen musste, um sich zu erheben. Er glaubte, seine Muskeln müssten zerreißen, bis die Brocken unendlich langsam von seinem sich erhebenden Rücken rollten.

Er fand sich in einem Lagerraum für irgendwelche Ersatzteile wieder. Worum es sich genau handelte, konnte er im Dunst des allgegenwärtigen Staubes nicht erkennen. Wolf aktivierte seinen Brustscheinwerfer und wandte sich parallel zum Gang, aus dem er sich soeben gerettet hatte, in die Richtung, in der der Gegner hinter der nächsten Kreuzung hocken musste. Die Schwebteilchen leuchteten hell auf und kennzeichneten den Lichtstrahl, der von dem Scheinwerfer ausging und sich schnell auffächerte. Er traf auf eine weiße Wand. Der Feldwebel näherte sich ihr und ließ den Strahl im Dunst des Staubes darüber wandern. Er fand eine Türe, durchschritt sie und gelangte in ein weiters Lager. Hier war die Sicht erheblich besser, weil die Gangwand in diesem Bereich der Detonation standgehalten hatte und dementsprechend kein Staub aufgewirbelt worden war. Wolf erkannte die typischen kleinen Kontraktanzellen in einem Regal, die für die Luft- und Wasseraufbereitungsanlagen von Raumanzügen als Energiequelle verwendet wurden.

Hinter der gegenüberliegenden Wand musste der Gegner im Quergang hocken, befand der Feldwebel. Er löste eine Fusionsgranate von seinem Waffengürtel, stellte sie auf drei Kilogramm TNT Sprengkraft und eine Verzögerung von fünf Sekunden ein. Dann platzierte er sie direkt an der Wand, drückte den Zündknopf und rannte wie von Furien gehetzt zurück in das Lager, aus dem er gekommen war. Dort warf er sich hinter der Wand auf den Boden.

Die Explosion schoss, von einer grauenhaften Erschütterung begleitet, als Feuerlohe vom Kontraktanzellenlager herein, doch die Wand, hinter der der Feldwebel lag, hielt stand. Diesmal musste er sich nicht unter den Gesteinsbrocken hervorwühlen. Er sprang auf und rannte zum Ort der Detonation. Dort war die Wand vollständig weggerissen worden. Unter den Trümmern im dahinter liegenden Gang erkannte Wolf die Überreste von CFR-Soldaten. Er sprang auf den Schutt und feuerte in Richtung Zentrale. Wieder sackten nur schemenhaft im Staub der Explosion erkennbare Gestalten in sich zusammen. Dann waren seine Kameraden, unter ihnen Rohwedder und Hölzen, heran und eröffneten das Feuer. Dabei wurden die Reste jener Truppen, die von Johnson in die wissenschaftlich-technische Sektion beordert worden waren, vollständig aufgerieben. Der Weg zur Zentrale schien frei.

*

Die heftigen Detonationen, die den Boden der Zentrale zum Schwanken brachten, beobachtete House auf dem Hauptbildschirm. Er sah erstens, dass seine Soldaten stark dezimiert wurden, zweitens, dass sich die deutschen Truppen ausschließlich auf den wissenschaftlichen Sektor konzentrierten, und drittens, dass die Kastrup mit einem atemberaubenden Tempo Richtung Zentrale vorstieß.

Neben ihm stand General Johnson und kommentierte das Geschehen auf den Bildschirmen mit den Worten: »Ich habe unsere Truppen von den anderen Ausgängen, der Förderanlagen bereits abgezogen und zur Zentrale beordert. Doch ich fürchte, die werden zu spät kommen. Und sobald die Deutschen hier sind, werden sie die Verteidigungsanlagen des Einflugschachtes abschalten. Dann haben wir den Salat.« Seine letzte Bemerkung zielte darauf ab, dass in diesem Falle die Eroberung des Werkes durch die Kastrup nicht mehr zu verhindern war.

»Wir müssen hier weg!«, stellte House lakonisch fest. »Wenn wir gefangen genommen werden, ist alles endgültig zum Teufel. Solange die Verteidigungsanlagen noch in Betrieb sind, haben wir eine gute Chance, mit unseren drei Kreuzern durchzubrechen.«

Ohne weiteren Kommentar begab sich der General zum Kommunikationspult. Er befahl den Stammbesatzungen der drei Raumschiffe, sich im Hangar einzufinden.

House dachte kurz darüber nach, einen Teil der Soldaten in die Kreuzer zu beordern und zu evakuieren. Er verwarf den Gedanken aus zwei Gründen. Erstens waren Soldaten recht einfach aus den amerikanischen Truppen zu rekrutieren. Schließlich war der CFR nach wie vor die eigentliche Regierung des Landes. Zweitens bestand immerhin die Möglichkeit, dass die nunmehr rund eintausendachthundert Soldaten doch noch mit den Eindringlingen fertig wurden. Diese Chance durfte nicht einfach vertan werden.

»Schießen Sie auf das Pult mit den Steuerungselementen für die Verteidigungsanlagen«, befahl House einem Obersten in seiner Nähe. »Dann können die von den Deutschen nicht so schnell abgeschaltet werden, was uns ein paar Minuten Zeit verschaffen sollte.«

Der Oberst zückte seine MSPi und jagte einen Hagel Geschosse in das Pult. Funken flogen hoch, Entladungen knisterten und schwarzer Qualm quoll daraus hervor.

Johnson und House verließen die Zentrale auf der der wissenschaftlichen Sektion gegenüberliegenden Seite. Die beiden Männer stürmten durch die Gänge des Werkes und erreichten zwei Minuten später den Hangar in der Kuppe des halbkugelförmigen Werkes.

Die drei Kreuzer schwebten übereinander und waren über drei Galerien erreichbar. Über einen Aufzug erreichten House und Johnson das obere der Raumschiffe, das selbstredend den Hangar als erstes verlassen würde, sobald dieser geflutet war.

Die Besatzungen stürmten ebenfalls über die Gitterroste der Galerien in die ihnen zugeteilten Kreuzer. Dann ertönte das typische Surren und Zischen von hochenergetischen Schüssen. Während House über die Schleusenrampe rannte, wurde ihm schlagartig bewusst, dass sein Rückzug eine ziemlich knappe Sache werden würde.

*

Die Schiebetüre zur Zentrale war verschlossen. Wolf platzierte eine Fusionsgranate davor und stellte sie auf niedrige Sprengkraft ein. Er bedeutete dem herbeieilenden Major und den ihm folgenden Kameraden, sich zurückzuziehen. Sie brachten sich in den angrenzenden Räumen in Sicherheit. Krachend flog die ungepanzerte Türe zur Zentrale auseinender. Praktisch im gleichen Moment stürmten die Deutschen vor und drangen in das Zentrum des Werkes ein.

Nachdem ihre Truppen in der wissenschaftlichen Sektion einfach überrollt worden waren und ihr Präsident sowie der ranghöchste Militär die Flucht angetreten hatten, war von Kampfgeist bei den in der Zentrale Verbliebenen nicht mehr viel zu spüren. Sie hoben sofort ihre Hände über ihre Köpfe, als die Schwarzuniformierten mit angeschlagenen MSGs eindrangen.

Rohwedder blickte sich kurz in der Runde um. Aus einem Pult drang schwarzer Qualm, der einige der CFR-Leute zum Husten reizte. Der Major hatte erwartet, Edward Mandell House vorzufinden, konnte ihn jedoch unter den zwei Dutzend Anwesenden nicht entdecken.

»Wo ist euer Präsident!«, bellte er sicherheitshalber auf Englisch.

Ein Offizier mit den Rangabzeichen eines Obersten trat vor. »Mr. House hat es vorgezogen, das Werk zu verlassen. Er scheint auf ein Treffen mit Ihnen keinen besonderen Wert zu legen.« Seine Stimme triefte vor Sarkasmus, der in dem betont hochnäsig vorgetragenen Englisch besonders schön zur Geltung kam.

»Sanders! Sie übernehmen hier das Kommando! Sehen Sie zu, dass Sie die Verteidigungsanlagen abgeschaltet bekommen«, Rohwedder deutete auf das unbrauchbare qualmende Pult, dessen Funktionen allerdings durch eine entsprechende Programmierung direkt durch den Zentralrechner des Werkes übernommen werden konnten. Der Major befahl elf weiteren Kastrup-Soldaten, unter ihnen Wolf und Hölzen, ihm zu folgen.

An der Spitze der soeben aufgestellten Gruppe eilte der Bataillonskommandeur quer durch die Zentrale.

Zwei Minuten später erreichten Sie den Hangar und traten auf die unterste der drei Galerien. Die Schleusenrampen der drei Kreuzer wurden soeben eingefahren.

Gerhard Wolf reagierte als Erster. Mit rekordverdächtigem Tempo sprintete er los und erreichte die bereits fast geschlossene Rampe des nächsten Kreuzers. Mit einem Satz über fünf Meter stieß er sich vom Gitterrost ab, flog mit ausgestreckten Armen bis zur Schleuse. Er bekam ihren Rand zu fassen, zog sich blitzschnell daran hoch und ließ sich ins Innere fallen. Kaum hatte er den Boden berührt, schloss sich die Schleusenrampe hinter ihm vollständig.

Der Feldwebel sprang auf, stellte befriedigt fest, dass er alleine im Schleusenraum war, und betätigte den pilzförmigen, roten Knopf für die Notöffnung der Schleuse. Summend öffnete sie sich und schwang wieder hinab zum Gitterrost. Noch bevor die Rampe das Rost erreichte, sprangen die elf Kameraden Wolfs. Sie wollten die Sekunden nicht abwarten, bis sich die Schleuse komplett geöffnet hatte. Wie der Feldwebel es ihnen vorgemacht hatte, zogen sie sich über den Rand.

Kaum waren seine Kameraden bei ihm, hieb Gerhard auf den Notknopf zum Schließen der Schleuse. Anschließend rannte er Rohwedder hinterher, der bereits durch das inneren Schott rannte und sich auf dem Weg in die Zentrale befand.

Durch den Hauptgang erreichten die zwölf Raumlandesoldaten wenige Sekunden später die Zentrale. Ihre Annäherung ließ die Schiebetüre vor ihnen in der Decke verschwinden. Mit ihren Gewehren im Anschlag stürmte das Dutzend herein und überraschte die Anwesenden vollkommen. Den CFR-Leuten blieb nichts anderes übrig, als ihre Hände über die Köpfe zu strecken.

»Entwaffnen!«, befahl Rohwedder.

Kurz darauf befanden sich zwei Dutzend MSPis im Besitz der Eindringlinge – die einzige Waffe, über die reguläre Raumschiffbesatzungen verfügten.

»Rosnitzky, übernehmen Sie den Maschinenraum! Müller, Steffens und Vogt, Sie besetzen den Waffenleitstand.«

Als die vier Soldaten verschwunden waren, wandte sich der Major an den Captain des Kreuzers. Auf Englisch sagte er: »Wenn Sie keine Dummheiten machen, garantiere ich Ihnen und Ihren Männern eine ehrenvolle Behandlung, so wie es sich unter Soldaten gehört.«

»Mein Name ist Kevin Blackmore«, entgegnete der Angesprochene. »Ich habe nicht die Absicht, mein Leben für den CFR zu riskieren – zumindest nicht im Kampf gegen die Kastrup. Ich halte es für einen unverantwortlichen Wahnsinn, dass wir uns trotz der bevorstehenden Vegalier-Invasion gegenseitig bekämpfen.«

»Das war nicht unsere Idee«, sagte Rohwedder. »Der CFR hat aus einem kalten Krieg einen heißen Weltkrieg gemacht und anschließend die Vorbereitungen getroffen, die Kastrup aus der Organisation zu drängen.«

»Das mag soweit stimmen«, erwiderte Blackmore. »Doch ähnliche Vorbereitungen scheinen Sie ebenfalls getroffen zu haben, denn ansonsten hätte das Vorhaben Houses funktioniert, die alleinige Macht über die Organisation zu erhalten.«

Der Major winkte ab. »Ich sehe unsere Vorbereitungen als einen legitimen Akt der Verteidigung – doch das ist zum gegenwärtigen Zeitpunkt eine fruchtlose Diskussion. Ich erwarte von Ihnen, dass sie sich unter meinen Befehl stellen und meinen Anweisungen folgen.«

Der Captain nickte und wollte noch etwas sagen, doch im gleichen Moment ertönte die Stimme des CFR-Präsidenten aus den Lautsprechern: »Captain Blackmore! Melden Sie sich! Wir konnten Kastrup-Soldaten beobachten, die in Ihren Kreuzer eindrangen. Wie ist die Lage bei Ihnen?«

»Wo ist House jetzt?«, fragte Rohwedder bei ausgeschaltetem Mikrophon.

»Im obersten der drei Kreuzer!«, sagte Blackmore und deutete auf die Decke.

»Sagen Sie ihm, dass wir überwältigt werden konnten.«

Der Captain schaltete das Mirophon des Kommunikationspultes ein. Auf der Kommandofrequenz der kleinen Kreuzerflottille antwortete er seinem obersten Vorgesetzten: »Zwölf Gegner drangen in den Schleusenraum ein. Wir haben sie rechtzeitig bemerkt. Sergeant Dixon hat die Eindringlinge mit einer Fusionsgranate neutralisiert. Es gab keine Überlebenden.«

»Wir haben keine Explosion messen können«, kam es aus den Lautsprechern.

»Nun – die Schleuse war bereits verschlossen, und die Sprengkraft der Fusionsgranate war vom Sergeant natürlich auf das absolut notwendige Minimum reduziert worden, um schwere Zerstörungen am Kreuzer zu vermeiden.«

»Und bei Ihnen ist wirklich alles unter Kontrolle?«, hakte House mit offensichtlicher Skepsis nach.

Rohwedder nickte dem Captain mit ernster Mine auffordernd zu.

»Ja«, sagte Blackmore über das Mikrophon gebeugt. »Wie ich schon sagte, keiner der Gegner überlebte die Aktion Dixons.«

Der Präsident schien zu zögern, weil er nicht so recht glauben konnte, dass die Kreuzerbesatzung so einfach mit den Kastrup-Soldaten fertig geworden war. Nach einigen Sekunden sagte er: »Um den Gegner zu täuschen, nehmen wir zunächst Kurs auf den Saturn. Von Dankenfels soll denken, wir würden uns in unser Werk auf Titan zurückziehen. Doch außerhalb ihres Ortungsbereiches kehren wir in weitem Bogen um und nehmen Kurs auf die Erde.

Ihr Schiff bildet meinen rechten, K-41 meinen linken Flügel. Uns bleibt jetzt nur noch das Werk auf Titan, weshalb die Auseinandersetzung mit der Kastrup aussichtslos geworden ist.« Es folgte wieder eine mehrsekündige Pause. »Es sei denn, wir informieren die Öffentlichkeit über die V-Technologie und die bevorstehende Invasion der Vegalier.«

Ein Rauschen untermalte die Worte des CFR-Präsidenten. Rohwedder sah gewaltige Wassermassen in den Hangar strömen. Sobald er geflutet war, würde sich das Kuppeldach öffnen und den Kreuzern den Weg zum Ein- und Abflugschacht durch die zweihundert Kilometer dicke Eisdecke freigeben.

»Wir werden zunächst mit unseren drei Kreuzern einen Überraschungsangriff auf Berlin fliegen und so den Menschen zeigen, auf welcher Seite wir stehen. Das wird ihnen Auftrieb geben, sich den an allen Fronten vorrückenden

Deutschen zu widersetzen. Später werden wir dann in einer Botschaft über die Vegalier berichten und darauf hinweisen, dass die Deutschen sämtliche Plätze in den Werken für sich alleine beanspruchen. Wir werden jedem einen Platz für sich und seiner Familie versprechen, der an unserer Seite gegen Deutschland kämpft.«

»Wird der Beschuss Berlins die Kastrup nicht zu einem Gegenschlag gegen amerikanische Großstädte herausfordern?«, fragte Blackmore mit deutlicher Besorgnis in der Stimme.

»Und wenn schon«, kam es kalt zurück. »Es gibt ohnehin nur für wenige Menschen Platz in den Refugien. Ob die übrigen jetzt sterben oder erst, wenn die Vegalier kommen, spielt keine Rolle. Wichtig ist jetzt nur noch, Terra ins Chaos zu stürzen und so der Kastrup einen möglichst großen Schaden zuzufügen.«

»Warum? Eine starke Kastrup könnte den Vegaliern durchaus ein Dorn im Auge sein.«

»Weder wir noch die Kastrup haben auch nur die geringste Chance gegen die Außerirdischen«, entgegnete House ärgerlich. »Es kommt nur darauf an, wer sich in Sicherheit bringen kann. Durch das auf Terra entstehende Chaos werden Kastrup-Kräfte massiv gebunden werden, was für uns die einzige Chance ist, das eine oder andere Werk zurückzuerobern, damit mehr von unseren Leuten gerettet werden können und weniger von diesen arroganten, selbstherrlichen Aristokraten, die sich für die Elite der Menschheit halten.« Damit unterbrach House die Verbindung. Seiner Meinung nach hatte er sich in einem Anflug von Großmut schon in eigentlich unangemessener Weise vor einem einfachen Captain gerechtfertigt. So jedenfalls empfand der Präsident die kurze Diskussion im Nachhinein. Und was war der Dank gewesen? Gefühlsduselige Nachfragen, denen die Kritik deutlich anzuhören gewesen war.

*

Captain Blackmore baute sich vor Rohwedder auf. Seine hellblauen Augen funkelten, während er mit beiden Händen seine Uniformjacke glatt strich. »Ich biete Ihnen hiermit an, dass ich mich Ihnen anschließe. Ich kann die Ziele des CFR nicht länger mitverantworten. Falls Sie einverstanden sind, werde ich meine Besatzung auffordern, es mir gleich zu tun.«

»Ihre Entscheidung freut mich natürlich außerordentlich«, sagte der Major, nachdem er seine Überraschung überwunden hatte.

Der knapp einsachtzig große Captain wandte sich um und begab sich zurück zum Kommunikationspult. Er schaltete das Mikrophon auf die Bordlautsprecher und forderte die Besatzung auf, sich in der Zentrale einzufinden. Rohwedder trat hinter ihn und befahl seinen Männern im Waffenleitstand und im Maschinenraum, die dortigen CFR-Leute zu begleiten.

Der Hangar war mittlerweile geflutet. Das Kuppeldach öffnete sich. Der Kreuzer des Präsidenten erhob sich als erster und trieb dem zehn Kilometer weiter oben gelegenen Schacht zu. Dann folgte Kreuzer Nummer zwei.

Blackmore befahl dem Navigator, die Erzeugung zusätzlicher exotischer Materie zu initialisieren. Diese wegen ihrer negativen Energiedichte auch N-Masse genannte Substanz wurde von herkömmlicher Materie abgestoßen und ermöglichte so den Raumschiffen, zu schweben und bei einem Überschuss der N-Masse aufzusteigen.

Nur durch die Antigravitation getrieben, erhob sich der Kreuzer und folgte seinen beiden Schwesterschiffen zum permanent eisfrei gehaltenen Ausflugschacht. Kurskorrekturen waren nicht möglich, weil die Ionentriebwerke unter Wasser nicht gezündet werden konnten. Der Ionenstrom hätte das Wasser in ein Millionen Grad heißes Plasma verwandelt. Als Folge wäre das Kohlenstoff-Komposit des wie ein Stachel wirkenden Triebwerks einfach verdampft.

Dann verließen die drei Raumschiffe den Kallisto-Ozean. Die Produktion der N-Masse wurde vervielfacht, sodass die Kreuzer rasend schnell entlang der glatten, rotbraunen Eiswände empor schossen. Mit mehreren tausend Kilometern pro Stunde verließen sie den Schacht und jagten in den Weltraum hinaus. Die Abstoßung zwischen N-Masse und Kallisto wurde mit zunehmendem Abstand schwächer. Nun wurden die Ionentriebwerke gezündet. Mit einer Beschleunigung von vierzig g nahmen die drei Raumschiffe Kurs auf den Saturn.

KAPITEL 3: RÜCKSTURZ ZUR ERDE[12]

»Die Ortung meldet, dass die neun Kreuzer des Gegners zurückbleiben. Statt einer Verfolgung haben sie sich offensichtlich entschieden, ihre Truppen zur endgültigen Eroberung des Werkes einzusetzen, sobald die Verteidigungsanlagen deaktiviert sind«, sagte House und blickte dem einen Kopf größeren Johnson in die Augen, der wie ein Kastrup-Vorzeigesoldat gewirkt hätte. Dann fügte der Befehlshaber des CFR hinzu: »Ich habe immer noch ein schlechtes Gefühl wegen der Kastrup-Soldaten, die in K-44 eingedrungen sind«,

Die wasserblauen Augen des Generals blickten emotionslos auf den Präsidenten herab, als er entgegnete: »Die Kastrup kann auch keine Wunder vollbringen. Hin und wieder verlieren sie auch einmal. Die sind von der Besatzung der K-44 rechtzeitig entdeckt und mit einer netten Fusionsgranate begrüßt worden, während sie sich noch im Schleusenraum aufhielten. Ich sehe keinen Grund, an dieser Darstellung von Captain Blackmore zu zweifeln.«

»Und was, wenn die Kastrup den Kreuzer besetzt und den Captain gezwungen hat, mir diese Geschichte aufzutischen?«

---

[12] Hommage an die Fernsehserie »Raumpatrouille« .

»Dann blockieren Sie doch einfach die Waffensysteme der K-44. Dann könnten die uns nicht mehr gefährlich werden. Falls uns der Kreuzer nach unserem Angriff auf Berlin nicht zum Titan folgt, wissen wir Bescheid und greifen die K-44 mit zwei Kreuzern an. Obwohl – das wird nicht nötig sein. Die Kastrup-Soldaten sind tot. Alles andere halte ich für unwahrscheinlich.«

House grinste breit. »Die Waffensysteme der K-44 habe ich längst blockieren lassen.« Bei dem Blockademechanismus handelte es sich um ein Spezialprogramm, das der Präsident in allen Zentralrechnern sämtlicher Kreuzer des CFR hatte implementieren lassen. Es wurde durch einen speziellen Funkimpuls aktiviert und verhinderte, dass der jeweilige Kreuzerkommandant eigenmächtig von den Waffen des Schiffes Gebrauch machen konnte. Es handelte sich um eine von vielen Maßnahmen, die an Paranoia grenzten, mit denen der Präsident seine Macht sicherte. Doch im vorliegenden Fall sollte sich dieses Misstrauen gegen die eigenen Leute als äußerst nützlich erweisen.

*

Von zwei Ausnahmen abgesehen, hatten sich die Besatzungsmitglieder der K-44 der Kastrup angeschlossen. Der Major versprach ihnen, im Anschluss an den bevorstehenden Kampf ihre Verdienste vor dem Oberkommando entsprechend zu würdigen und sich dafür einzusetzen, dass die Amerikaner offiziell in die Kastrup aufgenommen werden würden.«

Aber dazu müssen wir erst einmal mit den beiden Kreuzern des CFR fertig werden. Doch die rechnen nicht damit, von einem ihrer eigenen Schiffe angegriffen zu werden – also könnte die Überraschung gelingen, überlegte Rohwedder. Er wollte den Kampf nicht lange hinauszögern, weil er sich von den Kastrup-Kreuzern, die sich noch in der Nähe Kallistos aufhielten, wertvolle Unterstützung versprach.

»Waffenleitstand besetzen!«, befahl der Major. »Den Kreuzer des Präsidenten unter Beschuss nehmen!«

Falls es gelang, House auszuschalten, würde der Widerstandswille des CFR gebrochen sein. Ein erfolgreicher Überraschungsangriff konnte somit nicht nur den Beschuss Berlins mit Fusionsgranaten verhindern, sondern auch dem Bruderkrieg endlich ein Ende bereiten.

Die CFR-Soldaten und ihre drei Bewacher rannten los. Wenige Sekunden später meldete Feldwebel Müller aus dem Leitstand: »Waffenkontrollen besetzt!«

»Geschütze ausrichten und feuern!«, gab Rohwedder mit ruhiger Stimme zurück.

Es folgten ein paar Sekunden Stille. Dann sagte Müller stockend: »Die Systeme reagieren nicht. Wir können die Geschützkuppeln nicht ausfahren.«

Rohwedder blickte fragend in die Richtung des Captains. Der zuckte nur mit den Schultern und fügte dann hinzu: »Ich habe keine Ahnung, warum die Waffensysteme nicht reagieren.«

Für einen Moment war der Major ratlos. Dann vergegenwärtigte er sich, dass die V-Technologie ziemlich narrensicher war. Eine Fehlfunktion war höchst unwahrscheinlich. Es musste sich also um eine vorsätzliche Blockade der Waffensysteme handeln. Dies war nur möglich, indem der Zentralrechner entsprechend programmiert worden war. Der Besatzung war dazu sicherlich keine Zeit geblieben, als er mit seinen Männern eingedrungen war. Folglich musste ein derartiges Blockadeprogramm schon vorher existiert haben.

»Kuhr! kommen Sie mal her«, rief der Major in die Zentrale. »Ein schlaksig wirkender Soldat von höchstens fünfundzwanzig Jahren näherte sich. Seine Züge drückten unendliche Langeweile aus, und seine Arme baumelten um ihn herum, als wäre er zu faul, ihnen auch nur ein Mindestmaß an Energie zukommen zu lassen. Hätte man den einen Meter und neunzig großen Soldaten in Zivil bei irgendeinem nichtmilitärischen Anlass getroffen, so wäre niemand auf die Idee gekommen, es könnte sich um einen Elitekämpfer der Kastrup handeln. Sein allerdings nur oberflächlich tollpatschiges Auftreten passte eher zum Klischee des ungelenken Wissenschaftlers – und genau das war er *zusätzlich*. Kuhr studierte Informatik bei der Kastrup. Doch wie alle anderen Studenten an den Universitäten der Schutztruppe entband ihn das nicht von der Verpflichtung, Kampferfahrungen im aktiven Dienst sammeln zu müssen. Bei Kuhr war dies eher ein *Dürfen*, denn militärische Einsätze waren neben der Informatik seine zweite große Leidenschaft.

Rohwedder klärte den jungen Wissenschaftler und Soldaten über das Versagen der Waffenkontrollen auf. Zusätzlich erläuterte er seine Vermutung, dass ein blockierendes Programm von irgendjemandem, wahrscheinlich auf Befehl des CFR-Präsidenten, in den Zentralrechner der K-44 eingeschleust worden war. Je länger der Major sprach, umso mehr leuchteten die hellbraunen Augen des angehenden Informatikers. Die Langeweile in seinen Zügen wich ungebremstem Tatendrang.

»Ich teile Ihre Einschätzung, Herr Major!«, sagte Kuhr. »Wenn Sie gestatten, mache ich mich sogleich auf die Suche nach dem Blockadeprogramm.«

»Legen Sie los, Leutnant!«

Kuhr begab sich umgehend zum Zentralrechner beziehungsweise zu dessen Tastatur und Monitor. Davor saß bereits ein Amerikaner, den der Informatiker höflich bat, seinen Platz zu räumen.

Der etwas füllige CFR-Soldat erhob sich, massierte den Ansatz seines Doppelkinns und sagte mit leichtem Sarkasmus: »Ich gehöre zu den Guten, also denen, die sich diesem komischen Haufen Soldaten in Trauerkleidung anzuschließen gedenken. Ich habe nach sechs Jahren Studium auch ein klein wenig Ahnung von Computern und könnte Ihnen helfen, das Blockadeprogramm zu finden.« Mit der letzten Äußerung dokumentierte er, dass er die Ohren gespitzt und die Unterhaltung zwischen Rohwedder und Kuhr verfolgt hatte.

»Gerne! Ich heiße Rudolf.«

»Jason!«, entgegnete der Füllige und ergriff die von Kuhr dargebotene Rechte. »Dann lass' uns mal loslegen.«

Die drei Kreuzer hatten mittlerweile den Ortungsbereich der Kastrup-Schiffe bei Kallisto verlassen. In einem weiten Bogen, mit dem Raumer des Präsidenten an der Spitze, der K-41 auf der linken und K-44 auf der rechten Seite, nahm die Flottille Kurs auf die Erde. Ihr Ziel war die größte Stadt des Planeten, das Zentrum der nordischen Kultur.

*

»Drei Kreuzer haben soeben den Einflugschacht verlassen!«, rief der Ortungsoffizier durch die Zentrale des Flaggschiffs.

»Kurs?«, fragte von Dankenfels zurück.

»Saturn!«

»Haben wir schon Nachricht von Rohwedder?«

Als wäre der Name des Majors das Stichwort, kam die Meldung vom Funkoffizier: »Habe Hauptmann Sanders in der ‚Leitung'!«

Der Generalfeldmarschall sprang auf, verließ die bequeme Sitzgruppe und ging hinüber zum Kommunikationspult. Er setzte den Kopfhörer mit integriertem Mikrophon auf, der ihm vom Funkoffizier gereicht wurde.

»Von Dankenfels hier. Wie ist die Lage? Wo ist Major Rohwedder?« Eine eisige Faust hielt das Herz des Kastrup-Kommandeurs umschlossen, weil er aus der Tatsache, dass Hauptmann Sanders sich gemeldet hatte, eine hohe Wahrscheinlichkeit dafür ableitete, dass Rohwedder gefallen war.

Die Worte des Hauptmanns wirkten wie eine Erlösung: »Der Major hat sich mit elf Mann an Bord eines der CFR-Kreuzer begeben. Er teilte mir seine Absichten nicht mit, dazu blieb keine Zeit, als er mir das Kommando übergab. Ich vermute, er will den CFR-Präsidenten gefangen nehmen oder neutralisieren.«

»Sollen wir die Verfolgung aufnehmen?«, fragte Major von Timmer, der die Kreuzerflotte befehligte.

»Kleinen Moment«, sprach der Generalfeldmarschall in das Mikrophon des Kopfhörers, nahm ihn ab und sagte, an den Major gewandt: »Nein, die Eroberung des Werkes hat oberste Priorität.« Dann wandte er sich wieder dem Hauptmann zu: »Sind die Verteidigungsanlagen des Einflugschachtes abgeschaltet?«

»Nein, das Kontrollpult wurde zerstört. Wir sind dabei, den Zentralrechner umzuprogrammieren, damit er die Aufgaben des Pultes übernimmt. Die Arbeiten dürften in wenigen Minuten abgeschlossen sein.«

»Gut! Was ist mit den übrigen CFR-Soldaten? Können Sie die Zentrale lange genug halten?«

»Die Amis greifen uns nur halbherzig an. Keiner von ihnen will etwas riskieren, seit sie von der Flucht ihres Präsidenten erfuhren, was sich wie ein Lauffeuer verbreitet hat. Bis jetzt konnten wir sie ohne große Schwierigkeiten aufhalten. Warten Sie bitte kurz!« Es folgte eine kurze Pause, dann verkündete Sanders mit deutlicher Freude: »Die Verteidigungsanlagen sind ausgeschaltet!«

»Alles klar! Wir beginnen mit dem Anflug!«

*

Der vierundzwanzigstündige Rückflug zur Erde gestaltete sich für Rohwedder zur Geduldsprobe. In regelmäßigen Abständen begab er sich zum Steuerungspult des Zentralrechners, wo Rudolf Kuhr mit Unterstützung von Jason Dickens daran arbeitete, das Blockadeprogramm zu finden.

Diese Aufgabe erwies sich erheblich schwieriger als gedacht. Anfangs hatte der Informatiker noch geglaubt, das Programm innerhalb weniger Minuten, höchstens vielleicht einer halben Stunde, finden zu können. Doch die Programmierer des CFR schienen hervorragende Arbeit geleistet zu haben. Sie hatten keine Spuren hinterlassen – zumindest keine, die Kuhr oder Dickens finden konnten – , und das gesuchte Programm schien durch irgendwelche noch unbekannten Tricks getarnt worden zu sein. Oder war die Vermutung falsch, dass die Waffenkontrollen durch den Zentralrechner blockiert wurden? Gab es noch eine andere Möglichkeit? Kuhr dachte in alle Richtungen. Doch es half alles nichts. Weder er noch Jason hatte eine Ahnung, wie sie dem Geheimnis auf die Spur kommen sollten. Zusätzlich machte sich die Müdigkeit langsam breit, die langsam in Erschöpfung übergehen würde. Seit vierzehn Stunden versuchten sie nun schon das Gespensterprogramm zu finden.

Die Nervosität zwang den Major, ein weiteres Mal hinter die Computerspezialisten zu treten. Er sah immer neue Anzeigefelder auf dem Bildschirm entstehen, auf denen Verzeichnisstrukturen oder Quellprogramme angezeigt wurden. Die Daten rasten in einer Geschwindigkeit über den Monitor, dass Rohwedder schwindlig wurde. Er blickte hinunter zu den beiden Männern, die gebannt auf den Bildschirm starrten.

»Das könnte es sein«, sagte Jason mit wenig Zuversicht in der Stimme und berührte den Bildschirm an einer bestimmten Stelle mit dem Zeigefinger. Die vorbeirasenden Daten in einem der Bildschirmbereiche hielten an. Kuhr tippte etwas in die Tastatur. Ein neuer Anzeigebereich wurde geöffnet. In knallroten Buchstaben entstand dort die Überschrift »Mahlzeitenprogramm«. Darunter stand: »Wollen Sie eine existierende Mahlzeit modifizieren oder eine neue erstellen?«

Trotz des Ernstes der Situation konnte sich der Major ein trockenes Auflachen nicht verkneifen. Jason blickte missmutig zu ihm hoch und sagte: »Das hätte es sein können. Ein Kontrollprogramm für die Waffensteuerung durch ein Programm zur automatischen Zubereitung von Mahlzeiten zu tarnen ist doch nicht abwegig!«

Rohwedder nickte zustimmend und erkannte die dunklen Ränder unter den Augen des Amerikaners. Ein Blick auf Kuhr bestätigte ihm, dass es dem Kastrup-Spezialisten nicht besser ging.

»Sie müssen eine Pause machen! Wenn Sie vor Erschöpfung umfallen, finden wir das Blockadeprogramm nie.«

Kuhr schaute auf den Bildschirm, der in der rechten unteren Ecke eine Uhr zeigte. Dann schüttelte er den Kopf. »Mehr als die Hälfte der Zeit ist schon verstrichen. In zehn Stunden wird House mit dem Beschuss Berlins beginnen. Wir können uns keine Pause leisten. Geben Sie uns Quirlox!«

Der Major schüttelte entschieden den Kopf. Das ausgezeichnet wirkende Aufputschmittel war noch nicht ausgereift. Es konnte beträchtliche Nebenwirkungen einige Stunden nach der Einnahme hervorbringen. Dazu gehörten Halluzinationen, grauenhafte Kopfschmerzen oder Kreislaufzusammenbrüche. Deshalb wurde Quirlox nur in absoluten Ausnahmesituationen verabreicht.

»Nun machen Sie schon! Falls Nebenwirkungen auftreten, dann erst in ein paar Stunden. Bis dahin können wir das Blockadeprogramm gefunden haben.«

»Und wenn nicht?«

»Unsere Konzentrationsfähigkeit lässt stark nach. Ohne Quirlox finden wir das Programm *garantiert* nicht.

Rohwedder zog die Augenbrauen hoch, verkniff resignierend die Lippen und wandte sich an Captain Blackmore. »Können Sie eine Packung Quirlox aus der medizinischen Abteilung holen lassen?«

In den vergangenen vierzehn Stunden hatte sich eine Vertrauensbasis zwischen den Deutschen und Amerikanern entwickelt. Von den zwei widerspenstigen CFR-Leuten einmal abgesehen, die man in eine Offizierskabine gesperrt hatte, konnten sich die Überläufer frei auf dem Schiff bewegen.

Blackmore gab einem jungen Offizier ein Zeichen, der daraufhin sofort loslief. Zwei Minuten später war er mit einer Medikamentenschachtel und zwei in Kunststofffolie verschweißten Spritzen zurück. Er nahm zwei Ampullen aus der Schachtel, brach den Glasverschluss ab und zog den Inhalt auf je eine Spritze.

Kuhr schälte sich umständlich aus dem Oberteil seines Kampfanzuges. Dickens legte einfach seine graue Uniformjacke ab und krempelte den Ärmel seines Hemdes hoch.

Das Quirlox wirkte bereits nach fünf Minuten. Die Erschöpfung wich aus den Gesichtern der beiden Computerspezialisten. Mit frischem Elan gingen sie erneut an ihre Aufgabe.

Rohwedder blieb skeptisch. Er hoffte inständig, dass die beiden Männer von den Nebenwirkungen verschont bleiben würden. Quälend langsam verstrich die Zeit für den Major, während sich Rudolf und Jason in immer neuen Vermutungen über die Tarnung des Blockadeprogramms ergingen.

Stunde um Stunde verging, was die Nervosität der Männer in der Zentrale immer weiter steigerte. Auf dem Hauptbildschirm war die Erde bereits wie ein strahlender Tennisball zu sehen.

Rohwedder war fest entschlossen, zehn Minuten vor Erreichen der Erde ein Warnsignal zu senden, um den Kreuzern der 4. Raumlandebrigade, die auf dem Mond stationiert war, Gelegenheit zu geben, die CFR-Kreuzer abzufangen. Doch bezahlen würden er und seine Männer den Funkspruch mit dem Leben. Die beiden übrigen CFR-Kreuzer würden sofort das Feuer auf die K-44 eröffnen.

Unerbittlich tickte die Uhr. Noch eine halbe Stunde bis zum Eintritt in die Erdatmosphäre. Plötzlich erhob sich Dickens. Schweißperlen standen auf seiner Stirn. Der Schweiß verdunkelte sein Uniformhemd innerhalb weniger Sekunden. Er legte beide Hände flach auf seinen oberen Brustbereich, verdrehte die Augen und fiel mit einem platschenden Geräusch zu Boden. Eine Feuchtigkeitslache bildete sich unter dem reglos daliegenden Körper. Rohwedder hätte nie für möglich gehalten, dass ein Mensch in so kurzer Zeit so viel schwitzen konnte.

Sofort waren mehrere deutsche und amerikanische Kameraden bei dem Bewusstlosen.

»Kein Puls!«, rief ein Kastrup-Soldat, der das Handgelenk des Unglücklichen hielt.

Ein anderer verabreichte Dickens daraufhin eine Spritze Adrenalin. Die Augenlider des Computerexperten flatterten.

Niemand achtete auf Kuhr, der steif wie eine Statue vor dem Bildschirm saß. Seine Augen waren weit aufgerissen. Er nahm nichts mehr um sich herum wahr – bis auf die Zeichenfolgen, die auf dem Monitor vor ihm abgespult wurden. Dass sein Kollege einen Kreislaufzusammenbruch erlitten hatte, war ihm überhaupt nicht bewusst. Er meinte hässliche Fratzen in den Buchstaben zu erkennen, die wie von Derwischen gejagt über den Bildschirm rannten. Es schien, als würden ihn die Teufelsgesichter höhnisch angrinsen.

Dann sah er es plötzlich. Es war, als lichte sich dichter Nebel vor seinem geistigen Auge. Im Quellcode[13] des Programms zur Regulierung der magnetischen Feldstärke des Ionenantriebs erkannte er den Sprungbefehl zu einem Unterprogramm, von dem er intuitiv spürte, dass er dort nicht hingehörte. Zu analytischem Denken war Kuhr nicht mehr fähig. Er spürte mehr als er dachte, seine Instinkte hatten längst die Oberhand. Seine Finger flogen über die Tastatur und kommentierten den Sprungbefehl aus. Dann drückte er auf die Schaltfläche des Bildschirms, die den Kompilierungsvorgang auslöste. Die Darstellungen vor ihm wirbelten durcheinander. Es war ihm egal. Sanft legte er seinen Kopf auf das Pult und schlief noch

---

[13] Neben dem Wort »Computer« wurde von den Engländern, die den Stützpunkt der Vegalier im Sudan als Erste entdeckt hatten, zunächst das Wort »Sourcecode« übernommen und später in »Quellcode« umgewandelt.

in derselben Sekunde ein. Die Stimme, die frenetisch jubelnd aus den Lautsprechern kam, hörte er nicht mehr:

»Die Geschützkuppeln fahren aus!«

Rohwedder hastete zum Kommunikationspult und rief ins Mikrophon: »Sofort Feuer auf das Schiff des Präsidenten eröffnen!«

*

»Die Geschützkuppeln von K-44 fahren aus«, schrie ein blutjunger Feldwebel, der die undankbar geglaubte Aufgabe hatte, die Schirme für die seitliche optische Erfassung zu beobachten. Damit rettete er dem Präsidenten und allen anderen Besatzungsmitgliedern des Flaggschiffs das Leben.

Der Navigator zog das Flaggschiff steil aus seiner Flugbahn. Aus den vier doppelläufigen Geschützen der K-44 schossen acht Fusionsgranaten hervor. Ihre Bahnen eilten unter dem Schiff des Präsidenten hinweg und trafen voll die auf der linken Seite des Flaggschiffs fliegende K-41.

Das Energieäquivalent von acht mal einhundert Tonnen TNT wurde auf einen Schlag freigesetzt. In den unmittelbaren Bereichen, in denen die Granaten aufschlugen, verdampfte das Kohlenstoff-Komposit. Hässliche, unregelmäßig geformte Löcher mit glühenden Rändern entstanden in der Schiffshülle. Die Restwärme der Detonationen fraß sich ins Innere und vernichtete ein Lager für Fusionsgranaten und ließ die Kontraktanstruktur eines Fusionsgenerators schmelzen.

Sieben Granaten der zweiten Salve detonierten erneut an der Schiffshülle, die achte drang jedoch durch eines der glühenden Löcher, das die erste Salve gerissen hatte, tief ins Innere des Kreuzers ein und detonierte dort. Die K-41 wurde zu einem Feuerball, der sich rasend schnell ausdehnte und dabei sowohl das Flaggschiff des Präsidenten als auch die K-44 erfasste. Die dabei entstehenden Temperaturen reichten jedoch bei weitem nicht aus, die beiden Schiffe zu gefährden.

Die Kanoniere des Flaggschiffes hatten bereits reagiert. Die Geschützkuppeln waren ausgefahren. Johnson hieb auf einen rot leuchtenden Knopf für die Feuerfreigabe ein. Den Bruchteil einer Sekunde später jagten die acht Kanonen des Kreuzers des Präsidenten dem unvermittelt zum Gegner gewordenen Schwesterschiff die erste Breitseite entgegen.

*

»Verdammt! Das Flaggschiff weicht aus!«, kam die Stimme von Feldwebel Müller, der sich im Waffenleitstand aufhielt, aus den Lautsprechern der Zentrale.

Dann schlugen die Granaten der ersten Salve in die K-41, die den linken Flügel des Flaggschiffes gedeckt hatte.

»Weiter auf die K-41 feuern!«, befahl Rohwedder, der sich zwar darüber ärgerte, nicht das Flaggschiff erwischt zu haben, nun aber die Möglichkeit sah, einen Gegner auszuschalten, der schon bald zu einer großen Gefahr für die K-44 geworden wäre.

Nachdem die zweite Salve das Schwesterschiff vollkommen zerstört hatte, befahl Rohwedder:

»Kursänderung!« Dieser knappe Befehl ließ dem Navigator sämtliche Freiheiten, die Richtung zu wählen.

Die K-44 machte einen Satz nach schräg rechts oben aus der Sicht der Besatzung der Zentrale. Die Andruckabsorber wurden dabei an ihre Leistungsgrenze gebracht. Fast im gleichen Moment feuerte das Flaggschiff des Präsidenten. Die Granaten verfehlten die K-44 knapp. Wenige Meter unterhalb des Kreuzers reagierten die intelligenten Detonationsautomatiken der Geschosse. Acht Glutbälle entstanden, wo soeben noch der Kreuzer gewesen war. Die Wirkung der Explosionen war erheblich schwächer, als wenn sie unmittelbar auf der Schiffshülle stattgefunden hätten, wie dies zuvor bei der K-41 der Fall gewesen war. Trotzdem reichte die Druckwelle des entstandenen Plasmas aus, die ohnehin an ihrer Belastungsgrenze beschleunigende K-44 brutal aus ihrem Kurs zu reißen.

Die Andruckabsorber wurden mit den auftretenden Trägheitskräften nicht mehr fertig. Wer stand, wurde zu Boden geworfen und brach sich die Knochen. Glücklicherweise war dies nur bei zwei Soldaten der Fall. Alle anderen saßen angeschnallt in der Zentrale, dem Waffenleitstand oder dem Maschinenraum.

Die Andruckkräfte hatten zwei der vier Magnetfeldgeneratoren für die Ionentriebwerke aus ihren Halterungen gerissen. Stromkabel aus Hochtemperatursupraleitern, die mehrere Millionen Volt Spannung führten, wurden zerfetzt. Grelle Entladungsbögen zuckten durch den Maschinenraum und setzten die Einrichtung in Brand.

Trotzdem blieb die K-44 dem Flaggschiff nichts schuldig. Die Granaten der ersten Salve trafen zwar nicht direkt, detonierten jedoch in wenigen Metern Entfernung vom ebenfalls wilde Ausweichmanöver fliegenden Gegner. Die resultierenden Erschütterungen vernichteten einen der Fusionsgeneratoren.

Mittlerweile hatte sich der Abstand der beiden Kreuzer auf fünfzig Kilometer vergrößert. Deshalb war die zweite Salve des Flaggschiffs weniger präzise als die erste und detonierte zwischen zwanzig und fünfzig Metern oberhalb der K-44. Die Druckwellen waren dementsprechend weniger schlimm als zuvor, reichten jedoch aus, um den bereits stark in Mitleidenschaft gezogenen Generator für die Erzeugung der N-Masse ausfallen zu lassen.

Ein zweiter Fusionsgenerator des Flaggschiffs ging bei der nächsten Salve der K-44 zu Bruch. Die verbleibende Energieerzeugung reichte nicht mehr für die gleichzeitige Versorgung der magnetfeldstabilisierten Kanonen und des Ionenantriebs. Die Tatsache, nicht mehr gleichzeitig manövrieren und schießen zu können, veranlasste House, sämtliche verbleibende

Energie auf die Triebwerke zu geben und Kurs auf den Saturn zu nehmen. Mit nur einem verbliebenen, stark beschädigten Kreuzer war es aussichtslos, den ursprünglichen Plan erfolgreich umsetzen zu können. Hätte der Präsident geahnt, dass die Ionentriebwerke der K-44 vollkommen ausgefallen waren und nicht einmal mehr genug Energie zur Verfügung stand, um die Kanonen zu versorgen, hätte er dem Kreuzer sicher noch den Fangschuss verpasst, bevor er zum Saturn aufbrach.

So kam es, dass das Schiff Rohwedders antriebslos der Erde entgegenstürzte, ohne der Gravitation des Planeten mit N-Masse entgegenwirken zu können.

*

Immerhin lieferte das Notaggregat genug Strom für die Ortungsanlagen und die Bildschirme in der Zentrale. Die Funkgeräte waren leider irreparabel zerstört. Die Besatzung hatte noch nicht einmal die Chance, die Kastrup-Verbände auf der Erde und dem Mond über den bevorstehenden Absturz zu unterrichten. Immerhin wäre es möglich gewesen, dass rechtzeitig Hilfe eingetroffen wäre.

Während die meisten seiner Kameraden mit tatkräftiger Unterstützung der Amerikaner dabei waren, das Feuer im Triebwerksraum zu löschen, beobachteten Rohwedder und Blackmore den blauen Planeten, der auf dem Hauptbildschirm formatfüllend angewachsen war.

»Wie sieht's aus?«, fragte Rohwedder. Seine Worte wurden in den Maschinenraum, direkt neben dem brennenden Triebwerksraum übertragen. Zwei amerikanische Techniker arbeiteten dort an dem stark beschädigten Negatron, wie der Generator für die Erzeugung der N-Masse genannt wurde.

Die Ionentriebwerke waren mit Bordmitteln unmöglich zu reparieren. Folglich bestand die einzige Hoffnung, den Sturz auf die Erde abzubremsen, darin, eine hinreichende Menge

N-Masse zu erzeugen, die von gewöhnlicher Materie im Allgemeinen und der Erde im Speziellen abgestoßen wurde.

»Beschissen!«, plärrte die von elektromagnetischen Störungen überlagerte Stimme eines der Techniker in dem bei Amerikanern üblichen Umgangston aus den Lautsprechern. »Das Negatron gibt keinen Mucks von sich. Wir haben die Induktionsschleifen zwar unter Spannung, aber es kommt nichts davon beim Beschleuniger an.«

»Viel Zeit bleibt uns nicht mehr«, sagte Blackmore, wobei seine hellblauen Augen eine Spur dunkler als zwei Smaragde funkelten.

»Ich weiß, Captain. Wir arbeiten so schnell wir können. Wenn's nicht reicht, kann ich es auch nicht ändern.« Der Fatalismus des Technikers war nicht zu überhören.

Rohwedder zuckte mit den Schultern und wandte sich ab. Von seinen Männern hatte keiner einen blassen Schimmer, wie man ein Negatron reparierte, also blieb ihm nichts anderes übrig, als sich passiv zu verhalten und die beiden Amerikaner in Ruhe ihre Arbeit tun zu lassen.

»Wie lange noch bis zum Eintritt in die Atmosphäre?«, fragte der Major den Navigator, der zurzeit eigentlich arbeitslos war, weil weder Ionentriebwerke noch die Erzeugung von N-Masse funktionierten.

»Dreizehn Minuten!«

»Mit welcher Geschwindigkeit?«

»Zehn Kilometer pro Sekunde.«

»Wird die Schiffshülle die Reibungshitze aushalten?«

»Ohne Zweifel. Was sie allerdings nicht überstehen wird, ist der wenige Sekunden später erfolgende Aufprall auf die Erde – ob an Land oder im Wasser spielt dabei keine Rolle. Das Schiff wird einschlagen wie ein Hochenergiegeschoss und dabei in seine atomaren Bestandteile zerlegt werden.«

»Tolle Aussichten!« Rohwedder begab sich zur Sitzgruppe in der Mitte der Zentrale und ließ sich in einem bequemen Sessel nieder.

»Immerhin wird keiner von uns beim Aufschlag etwas spüren«, konnte sich der Navigator nicht verkneifen hinzuzufügen. Ein spöttisches Lächeln umspielte seine Lippen. »Unsere Körper werden schneller vernichtet, als unser Nervensystem dem Gehirn mitteilen könnte, dass das weh getan hat.«

»Da bin ich aber beruhigt«, gab der Major zurück und schloss die Augen. Waren dies die letzten Minuten seines Lebens? Er fürchtete sich nicht vor dem Tod, er bedauerte lediglich, nicht an der Seite seiner Kameraden sein zu können, wenn die Vegalier eintrafen, um die Menschheit zu töten oder zu versklaven – über diese beiden Varianten herrschten noch Meinungsverschiedenheiten unter den Wissenschaftlern, die das Datenmaterial der vegalischen Computer auswerteten – und die Erde auszubeuten. Rohwedder gehörte zu den wenigen Optimisten, die daran glaubten, dass ein Krieg gegen die Pflanzenabkömmlinge auf lange Sicht zu gewinnen sei.

Seine Gedanken schweiften ab zu den Außerirdischen. Er lächelte kurz über die Bemerkungen einiger Kameraden, die zum ersten Mal von der pflanzlichen Natur des Gegners hörten, dass man mit den »Gänseblümchen« schon fertig werden würde. Dieser Humor wurde ihnen schnell ausgetrieben, als sie Filmaufnahmen der Vegalier zu sehen bekamen und begriffen, dass die pflanzliche Evolution auf Vegalon einen ganz anderen Weg eingeschlagen hatte als auf der Erde. Die Vegetation hatte sich im Überlebenskampf mit der überaus aggressiven Tierwelt weiterentwickelt und letztlich Spezies hervorgebracht, die dem tierischen Leben an Kraft und Ausdauer weit überlegen waren. Eine davon entwickelte schließlich eine Intelligenz, die sie Jahrtausende später zu den Sternen führen sollte. Ihre überlegene Kraft und Intelligenz sowie die im grausamen Überlebenskampf geprägte Gnadenlosigkeit schien sie zu den perfekten Eroberern gemacht zu haben.

Interessanterweise war die Grundform der Vegalier humanoid. Sie hatten zwei Arme, zwei Beine, einen Torso und einen

Kopf. Ihre Hände und Füße glichen jedoch eher einem Gespinst aus Wurzeln und Flechten. Ihre Haut war wie das Blatt eines Baumes in der Lage, Photosynthese zu betreiben, und daher von grüner Farbe.

Der Major zwang sich, seine Überlegungen in andere Bahnen zu lenken, schließlich wollte er seine letzten Minuten nicht mit Gedanken an den schrecklichen Feind verschwenden. Er dachte an seinen Bruder, seine Eltern und an das Mädchen, das er bei seinem letzten Heimaturlaub in Kassel kennengelernt hatte. Vor seinem geistigen Auge sah er ihre langen blonden Locken, ihr bezauberndes Lächeln und ihre großen tiefblauen Augen, in deren unergründlichen Tiefen jene Waffen verborgen zu sein schienen, denen ein Mann wenig entgegenzusetzen hatte.

»Noch drei Minuten«, hörte er den Navigator wie aus weiter Ferne.

Captain Blackmore setzte sich ihm gegenüber. »Sieht so aus, als würden meine Männer und ich nun wohl doch keine Gelegenheit mehr haben, in die Kastrup einzutreten und gegen die Vegalier zu kämpfen.« Den Amerikaner schienen ähnliche Gedanken zu beschäftigen wie zuvor den Major.

»Nun, die Aufnahmekriterien der Kastrup sind ziemlich streng«, stichelte Rohwedder. »Vielleicht bleibt euch schlaffen Amis so eine Enttäuschung erspart.« Natürlich war diese Bemerkung nicht ernst gemeint, denn der CFR hatte seine Soldaten nach dem Vorbild der Kastrup rekrutiert. Jedes Besatzungsmitglied des Kreuzers war topfit und geistig auf der Höhe.

Blackmore gab lediglich ein Lächeln zurück, wusste er doch, dass ihn der Major mit dem Scherz nur ein wenig vom unmittelbar bevorstehenden Tod ablenken wollte.

»Haben Sie Kinder?«, fragte Rohwedder.

»Einen Jungen und ein Mädchen. Und Sie?«

»Nicht, dass ich wüsste.«

Blackmore brachte es in dieser Situation tatsächlich fertig, kurz über den Scherz zu lachen.

»Die Verbindung zwischen den Induktionsschleifen und dem Negatron-Kern steht«, kam es plötzlich aus den Lautsprechern.

Wie von einer Tarantel gestochen sprangen Blackmore und Rohwedder auf und rannten zum Kommunikationspult. Der Major war schneller und sprach ins Mikrophon: »Haben Sie die N-Masse-Erzeugung in Gang bekommen?«

»Ja, die Erzeugung läuft, aber mit ziemlich niedriger Rate. Irgendetwas stimmt noch nicht ganz. Ich vermute, der Zentralresonator wurde durch die Erschütterungen dejustiert und ...«

»Verschonen Sie uns mit ihrem Technikerkauderwelsch. Wird die N-Masse ausreichen, um unseren Fall schnell genug zu bremsen?«

»Woher soll ich das wissen? Ich fummele hier seit Stunden an dem verdammten Teil rum und weiß noch nicht einmal, mit welcher Geschwindigkeit wir genau fallen und wie weit wir noch von der Oberfläche weg sind.«

»Wie hoch genau ist die Erzeugungsrate?«, hakte der Major nach.

»Auch das kann ich nirgendwo ablesen. Ich kann das nur grob schätzen anhand des Stromverbrauchs der Induktionsspulen.«

»Und?«

»Zwischen hundert und tausend Tonnen pro Sekunde.«

An den Navigator gewandt rief Rohwedder quer durch die Zentrale: »Wird das reichen?«

»Hundert Tonnen wären zu wenig. Bei tausend Tonnen könnte die Schiffsmasse vor dem Aufschlag durch die N-Masse kompensiert und übertroffen werden, sodass wir abgebremst würden. Doch weshalb regen Sie sich so auf? Wir werden es in wenigen Sekunden wissen, ob wir genug N-Masse produzieren.«

Rohwedder blickte auf den Hauptbildschirm. Er erkannte Japan, Australien, Indonesien, dazwischen ein paar weiße Wolkenbänder über dem tiefblauen Pazifik. Während Japan aus dem oberen Bildschirmrand hinauswanderte, bekam die Darstellung einen Gelbstich, der schnell intensiver wurde, sich in ein Orange und schließlich in glühendes Rot verwandelte. Heftige Erschütterungen rasten durch den Schiffsleib. Der Major musste sich am Kommunikationspult festhalten, um nicht zu stürzen. Blackmore warf sich auf einen der Sitze vor dem Pult und schnallte sich an. Die Erschütterungen nahmen zu, was Rohwedder veranlasste, es dem Captain gleich zu tun.

Rasend schnell kam die Oberfläche des Pazifik näher. Das rote Glühen wurde vom Zentralrechner ausgeblendet. Eine dünne, aus weißen Linien im Blau des Ozeans bestehende Silhouette, die entfernt an einen Krummdolch erinnerte, schoss auf die K-44 zu. Für einen Moment keimte Hoffnung in Rohwedder auf, als er bemerkte, dass der Kreuzer sich stark verzögerte. Dann schlug das Raumschiff innerhalb des Blaus des Krummdolchs in unmittelbarer Nähe seiner weißen Begrenzungslinie auf. Im gleichen Moment versank die Welt um Rohwedder in einem konturlosen Schwarz, eingebettet in vollendeter Ruhe.

*

Zum dritten Mal in den vergangenen vier Jahrzehnten hatte Kwajalein den Besitzer gewechselt. Bis zum 1. Weltkrieg war das zu den Marshall-Inseln gehörende Atoll eine deutsche Kolonie gewesen. Im Krieg war es dann von den Japanern besetzt worden, die es zu einem wichtigen Flottenstützpunkt im südlichen Pazifik ausbauten.

Nach dem deutschen Sieg in Europa und Afrika war es zu einer Annäherung beider Staaten gekommen, die sich schließlich zu einer Freundschaft entwickelte. Aus diesem Grunde hatte Kaiser Wilhelm III. dem Tenno die Inselkette zum Geschenk gemacht, indem er sie offiziell an Japan abtrat.

Seit zwei Wochen waren die Amerikaner die Herrscher über das Atoll. Ein Flottenverband mit drei Flugzeugträgern hatte die hoffnungslos unterlegene japanische Flotte vertrieben und anschließend Invasionstruppen auf den nur insgesamt sechzehn Komma vier Quadratkilometer großen Inseln gelandet, die das Korallenatoll umschlossen.

Colonel James O'Brien saß mit einem halben Dutzend Kameraden auf einem Klappstuhl in der Nähe eines Unterstandes, den die Japaner unversehrt hinterlassen hatten. Seine Stiefel drückten sich an ausgestreckten Beinen in den feinen Sand des Strandes. Zwischen Zeigefinger und Ringfinger seiner Rechten hielt er eine Havanna-Zigarre, an der er von Zeit zu Zeit genüsslich zog. Dabei gab er seine Einschätzung zur Kriegslage zum Besten. Die zumeist zwanzig Jahre jüngeren Soldaten um ihn herum hingen förmlich an seinen Lippen. O'Brien hatte ein Talent dafür, seine Ausführungen äußerst kompetent erscheinen zu lassen.

»Tja – unser Ausflug nach Kwajalein war ein Spaziergang verglichen mit dem, was unsere Kameraden gerade in Europa erleben.« Die Pause, die durch einen weiteren Zug an der Zigarre entstand, erhöhte die Spannung weiter. »Mein Cousin, der unter General Patton dient, hat mir erst vor einer Woche geschrieben, dass die Deutschen mit ihrer Luftwaffe und ihren Monsterpanzern halb England bereits in Schutt und Asche gelegt haben. Er hat sogar von einem Adjutanten des Generals erfahren, dass die Deutschen ihren Soldaten irgendwelche Substanzen verabreichen, die sie zu rasenden Bestien machen. Es wurde berichtet, ein ganzes Bataillon sei von Werwölfen in Kastrup-Uniformen zerfleischt worden.«

Diese Aussage verlangte natürlich nach einem weiteren Zug an der Zigarre. O'Brien erfreute sich an den schreckensgeweiteten Augen seiner Zuhörer, die offenbar jedes seiner Worte für bare Münze nahmen.

»Mein Cousin geht davon aus, dass die Deutschen in wenigen Tagen ganz Großbritannien, von Irland einmal abgesehen, erobert haben werden. Alleine in seiner Kompanie sind bereits siebzig Prozent seiner Kameraden gefallen oder so schwer verwundet, dass für sie der Krieg zu Ende ist.«

Der Colonel legte den Kopf in den Nacken und ließ eine Qualmwolke in den strahlend blauen Vormittagshimmel treiben. Während er dem aufsteigenden blauen Dunst nachschaute, fuhr er fort:

»Und im Osten sieht es noch viel schlimmer aus. Dort sind die Deutschen selbst im Vormarsch und nicht etwa ihre Verbündeten, wie in England. Es heißt, die Krauts würden furchtbar wüten. Man sagt, sie hätten schon fünf Millionen Kriegsgefangene massakriert, damit sie sie nicht durchfüttern müssen. Vor wenigen Tagen haben sie Atombomben auf Stalingrad geworfen. Hunderttausende Frauen und Kinder sind dabei umgekommen, und die Reste der Roten Armee stehen unmittelbar vor der Auslöschung.

Tja, so sieht es aus, meine Freude. Nachdem wir mit den Japsen fertig geworden sind, wird es wohl an uns hängen bleiben, die Deutschen wieder aus England und Russland zu vertreiben. Nur das Eine werde ich euch sagen: Der Tag wird kommen, an dem ich meine Zigarre im obersten Stockwerk des Kaiserpalastes in Berlin rauchen werde. Und dann …«

O'Brien unterbrach seine Rede und starrte gebannt in den Himmel. Er sah einen glutroten Ball, der einen langen Feuerschweif hinter sich her zog und sich von Osten her mit irrsinnigem Tempo näherte.

»Was zum Teufel …« Seine Zigarre rutschte zwischen seinen Fingern hindurch und fiel in den schneeweißen Sand des Strandes. Gleichzeitig klappte sein Mund auf, und in seinen Augen spiegelte sich ungläubiges Staunen wider.

Seine Zuhörer drehten ihre Köpfe, um dem Blick ihres Vorgesetzten zu folgen. Der wabernde Glutball schoss in einem steilen Winkel zur Oberfläche herab. Es sah aus, als würde er dem Colonel genau auf den Schoss fallen. Dann wurde das Glühen schwächer. Es sah aus, als ob das seltsame Gebilde abbremste. Aus der Glut schälten sich schwarze Umrisse. Für knapp zwei Sekunden war die Form eines gigantischen Rochens zu sehen, dann schlug das Ungetüm in nur fünfhundert Metern vom Strand in die Fluten der Lagune. Tausende Tonnen Wasser spritzten in die Höhe und regneten wieder herab. Die Soldaten am Strand sahen aus wie begossene Pudel. O'Briens Mund stand immer noch offen.

Als sich die Gischt beruhigt hatte, war zu erkennen, dass der schwarze »Rochen« in einem Winkel von siebzig Grad im Grund der Lagune steckte. Sein »Schwanz« ragte rund zweihundert Meter über die sich langsam beruhigenden Fluten empor.

»Was zum Teufel ...«, wiederholte O'Brien.

Mit einem markerschütternden Knarren und Kreischen neigte sich der »Rochen« majestätisch langsam zu Seite. Es entstand eine beachtliche Flutwelle, als fast der gesamte Körper auf das flache Wasser schlug. Rund zwei Drittel ragten aus dem schäumenden Meer hervor. Die Vorderseite steckte immer noch im Grund der Lagune, während das Heck mit dem Stachel in einem Winkel von zehn Grad aus den Fluten herausragte. Die Flutwelle brach über den Strand und trug die Soldaten bis in den angrenzenden Palmenhain.

Von überall wurden Rufe laut. Hunderte der fünftausend Soldaten der amerikanischen Invasionstruppen hatten den Absturz des Raumschiffes beobachtet. Der Colonel rannte zu einem der Holzboote, die von der Flutwelle durcheinander gewürfelt neben dem Unterstand lagen, der vollständig mit Wasser gefüllt war. Mit den jungen Soldaten, die seinen Ausführungen zuvor gespannt gelauscht hatten, schleifte er das Boot, unterstützt vom sich zurückziehenden Wasser, über den Strand. Zusammen mit sechs Soldaten sprang er hinein und bedeutete einem der Männer, das Rudern zu übernehmen.

Sutherland, ein hellblonder Sergeant im Alter von zweiundzwanzig Jahren, schien Angst vor der eigenen Courage zu bekommen. »Colonel, das müssen Außerirdische sein. Wahrscheinlich werden sie uns töten.« Offensichtlich war der Gedankengang des Sergeants stark von den populären Science-Fiction-Filmen geprägt, in denen böswillige Außerirdische versuchten, der Menschheit den Garaus zu machen. Dass genau dies einerseits tatsächlich in wenigen Jahren bevorstand und dass das Raumschiff andererseits auf der Basis der Technologie der Außerirdischen von Menschen erbaut worden war, konnte Sutherland natürlich nicht im Entferntesten ahnen.

Mit kräftigen Ruderbewegungen überbrückte Holmes, ein breitschultriger Afroamerikaner, die fünfhundert Meter Entfernung bis zu dem schwarzen Rochen. Die glatte Oberfläche bot keinen Hinweis auf eine Einstiegsmöglichkeit.

Doch unmittelbar unterhalb des Stachels war eine Rampe aus dem Rochenkörper herausgeklappt worden. Sofort machte er seine Kameraden darauf aufmerksam. Die Rampe führte zu einer Öffnung im Schiffsrumpf, deren Unterkante nur einen knappen Meter oberhalb der Wasseroberfläche lag.

Geschickt manövrierte der Schwarze das Boot an die zum Großteil im Wasser verschwindende Rampe heran. O'Brien ging seinen Soldaten als gutes Beispiel voran und sprang als Erster auf den trockenen Teil des nach unten geklappten Tors. Er betrat einen kahlen Raum. Auf dem Boden, im Schatten jener Wand, aus der die Rampe herausgeklappt worden war, lag eine schwarze Gestalt. Zunächst erkannte O'Brien, dass sie eine menschliche Form hatte. Das nächste Detail schockierte ihn jedoch zutiefst: Der Fremde trug einen Helm in der Form, wie sie von der Kastrup und dem deutschen Heer benutzt wurde.

Deutsche an Bord eines Raumschiffs?, kombinierte der Colonel verwirrt. Er bückte sich und drehte die auf dem Bauch liegende Gestalt auf den Rücken. Er blickte in das Gesicht eines jungen Mannes mit ebenmäßigen, entspannten Zügen. Der Fremde wirkte, als würde er schlafen. O'Brien ging jedoch davon aus, dass der Schwarzuniformierte tot sein musste. Kein Mensch konnte einen derartigen Aufprall überlebt haben. Die Funktionsweise von Andruckneutralisatoren war dem Amerikaner selbstredend gänzlich unbekannt. Dementsprechend schreckte er zurück, als habe er ein Gespenst gesehen, als der junge Fremde seine Augen plötzlich öffnete. Ein gedämpfter Schmerzenslaut drang über seine dünnen Lippen, was den Colonel zu der Einsicht brachte, es wohl doch mit einem lebendigen Menschen zu tun zu haben.

»Können Sie mich verstehen?«, fragte O'Brien während die sechs übrigen Soldaten hinter ihn traten.

Der Fremde nickte nur und versuchte, sich auf die Seite zu drehen, fiel aber gleich wieder mit einem Stöhnen auf den Rücken.

»Wer sind Sie? Woher kommen Sie?«

Der Schwarzuniformierte schloss die Augen und blieb stumm.

In der Zwischenzeit waren weitere Boote an der Rampe angekommen. Dutzende Soldaten betraten den Schleusenraum. Der Colonel befahl ihnen, weiter ins Schiff vorzudringen und nach Überlebenden zu suchen.

Es wurden zwölf Schwarzuniformierte gefunden, die wie futuristische Kastrup-Soldaten aussahen. Zusätzlich fand man vierundzwanzig Männer in grauen Stoffuniformen, davon zwei in einer verschlossenen Kabine, die aufgebrochen werden musste. Kein einziger der mutmaßlichen Menschen an Bord war bei Bewusstsein, wenn man von dem jungen Kerl absah, den O'Brien im Schleusenraum vorgefunden hatte. Doch auch er schien wieder ohnmächtig geworden zu sein.

Der Colonel befahl den Abtransport der sechsunddreißig Fremden zur größten Insel, die dem Atoll den Namen gegeben hatte. Auf Kwajalein sollte Brigadegeneral Forrester entscheiden, was mit den Fremden und ihrem Raumschiff geschehen sollte.

*

Stechende Schmerzen in seinem linken Bein waren das Erste, was Feldwebel Wolf nach dem Absturz wahrnahm. Er wusste nicht, wie lange er bewusstlos gewesen war, als er die Augen aufschlug. Er war immer noch auf dem Sitz festgeschnallt, doch dieser lag mit der Rückenlehne auf dem Boden. Der Aufprall musste so stark gewesen sein, dass die Andruckabsorber die auftretenden Trägheitskräfte nicht vollständig neutralisieren konnten. Der Rest hatte immerhin ausgereicht, den Sockel, auf dem der Sitz befestigt war, vom Boden der Zentrale zu reißen. Dabei musste er sich das linke Bein am Pult gestoßen haben, und zwar mit einer Wucht, die selbst von der Kohlenstoff-Komposit-Panzerung seines Kampfanzuges nicht hinreichend abgemildert werden konnte.

Über Wolf flackerte die Notbeleuchtung an der Decke der Zentrale. Er wandte den Kopf und sah in den Sitzen zusammengesunkene Gestalten, einige weitere lagen wie er immer noch angeschnallt auf dem Boden.

Er versuchte sich von den Anschnallgurten zu befreien. Jede Bewegung schmerzte, als hätten zwei Riesen zuvor Tennis mit seinem Körper gespielt. Es schien keinen Bereich zu geben, den er sich nicht geprellt hatte. Als er sich endlich befreit hatte und den Sitz unter sich wegdrückte, fiel sein linkes Bein zwangsläufig auf den Boden. Der Schmerz raubte ihm für einen kurzen Moment erneut die Besinnung.

Nachdem er wieder einigermaßen klar bei Verstand war, fingerte er eine kleine Injektionspistole aus dem schwarzen Medizinkästchen an seinem Waffengurt. Sie enthielt V-Morphium, ein auf Basis der Technologie der Vegalier entwickeltes Schmerzmittel, das man der Einfachheit halber nach seinem altertümlichen Vorgänger benannt hatte. Er setze die Injektionspistole an seinem Hals an und drückte ab. Bereits wenige Sekunden später spürte er die Wirkung. Wie von Zauberhand beseitigt, waren die Schmerzen verschwunden und machten einer wohligen Entspannung Platz.

Obwohl es nicht mehr schmerzte, verzichtete Wolf darauf, sein höchstwahrscheinlich gebrochenes Bein zu belasten, um keine weiteren Schäden daran zu verursachen. Er robbte zum Kommunikationspult in der Absicht, eine Nachricht abzusetzen. Als er sich an dem Pult hochgezogen hatte, sah er, dass die Kontrollleuchten des Funkgerätes erloschen waren und der Bildschirm nicht mehr funktionierte – so wie alle anderen in der Zentrale auch offensichtlich zerstört waren. Folglich begnügte sich der Feldwebel damit, den Knopf für den Notruf tief in die Konsole zu drücken. Ein permanentes SOS würde nun ausgesandt werden, falls die Funkanlage der K-44 überhaupt noch funktionierte. Falls nicht, konnte er nur hoffen, dass die Raumüberwachung den Absturz des Kreuzers verfolgt hatte und einem Rettungskommando den Weg weisen konnte.

Anschließend kroch er zu den Kameraden, zu denen er seit kurzem auch die Amerikaner zählte, befreite sie von den Gurten und überprüfte, ob sie noch lebten. Erleichtert darüber, dass es keine Toten gegeben hatte, machte er sich robbend auf den Weg zur Schleuse.

Wolf hatte die Absicht, die Schleusenrampe zu blockieren, was von der Zentrale aus leider nicht mehr möglich war. Auf diese Weise wollte er verhindern, dass mögliche Beobachter des Absturzes in das Schiff eindringen konnten. Als er schließlich das Innenschott des Schleusenraums öffnete, sah er auf der anderen Seite des Raumes die heruntergeklappte Rampe, dahinter blaugrünes Meer. Der Aufprall musste zu einer Fehlfunktion der Automatik geführt haben, denn die Schleuse hätte verschlossen sein müssen.

Mit letzten Kräften robbte der Feldwebel weiter. Er wollte die Schleuse wieder verschließen und dann den Knopf für die Blockade drücken, damit verhindert wurde, dass jemand die Rampe von außen öffnen konnte.

Dann hörte er die Stimmen von Männern. Kurz darauf ein dumpfes Geräusch, als ob etwas gegen die Rampe stieß. Dann vernahm er Schritte. Er konnte den Schalter für das Schließen der Rampe unmöglich rechtzeitig erreichen, also legte er sich auf den Bauch und spielte »toter Mann«.

Als er kurz darauf von dem Eindringling auf den Rücken gedreht wurde, entschied er sich anders und öffnete die Augen. Er sah in das rundliche Gesicht eines Mannes in unverkennbar amerikanischer Offiziersuniform, die allerdings völlig durchnässt war.

In diesem Moment wusste Wolf, dass sie nicht nur das Pech gehabt hatten, dass der Absturz von irgendjemandem beobachtet worden war, sondern dass es ausgerechnet amerikanische Soldaten waren und dass diese auch noch unglücklicherweise nahe genug gewesen waren, um das Schiff zu erreichen, bevor er die Schleuse blockieren konnte. So viel Pech auf einmal war natürlich einerseits starker Tobak, doch Wolf haderte nicht mit dem Schicksal, denn sie hatten andererseits unglaubliches Glück gehabt, überhaupt mit dem Leben davongekommen zu sein. Alles Weitere würde sich zeigen.

Kapitel 5:
Die Schlacht im Paradies

Auszug aus »Die Schwarzen Adler – Geschichte des 12. Kastrup Fallschirmjägerregiments, Band 3« von Generalmajor Pio Filippani-Ronconi, Unitall Verlag, Neumünchen, Mars, Juli 1954

Das komplette Verständnis dessen, was man unter »der Wirklichkeit« versteht, einfach über den Haufen zu werfen und durch ein vollkommen anderes Weltbild zu ersetzen, bereitet sicher jedem Menschen Schwierigkeiten. Einige mögen sich schnell mit der neuen Situation arrangieren, andere brauchen Wochen, Monate oder Jahre, um sich mit den dramatisch veränderten Umständen abzufinden, wieder andere ziehen sich in eine Traumwelt zurück, in der die alte Welt immer noch Bestand hat.

Ich möchte von mir behaupten, zur ersten Kategorie zu gehören. Seit zehn Jahren diente ich nun schon in der Kastrup im festen Glauben, dass unser Existenzzweck der Schutz des Reiches, des Nordischen Bundes und des Kaisers vor inneren und äußeren Feinden sei. In der Tradition meiner Familie, die bis in die Zeit des Römischen Imperiums zurückging, fühlte ich mich als Prätorianer – jener Schutztruppe der alten Cäsaren.

Zehn Jahre lang hatte ich mich lediglich als einer der Beschützer des Kaisers, der Monarchie und der nordischen Kultur gesehen. Ich hatte mich in meiner Rolle sehr wohl gefühlt, glaubte ich doch, für diese Aufgabe geboren worden zu sein. Seit einer Woche kannte ich jedoch die tatsächliche Mission der Kastrup und erkannte meine eigene wahre Bestimmung. Es ging nicht nur – aber auch – um den Kaiser, das Reich und den Bund, sondern die Kastrup hatte es sich zur Aufgabe gemacht, den gesamten Planeten, die menschliche Spezies vor einem gnadenlosen Feind zu beschützen. Zu diesem Zweck war in den vergangenen fünfundzwanzig Jahren mit titanischem Aufwand eine Organisation errichtet worden, die der Menschheit das Überleben sichern sollte – wenn nicht auf der Erde, dann in den »Werken« genannten Refugien auf dem Mond, dem Mars und einer Reihe Jupiter- und Saturnmonde.

Vor acht Tagen war ich mit meinem Fallschirmjägerregiment in der Nähe des russischen Dorfes Krasnaya Kriusha gelandet und hatte den sowjetischen Generalsekretär Josef Stalin mitsamt einhundertfünfzig weiteren hohen Persönlichkeiten festgenommen. Da die Aktion zum Teil schief gelaufen war, hatten uns heranrückende sowjetische Truppen gehörig unter Druck gesetzt. Sicherlich hätten sie uns schließlich überrannt und die Gefangenen befreit. Aus diesem Grunde hatte sich der Kaiser entschlossen, uns gegenüber die Geheimhaltung aufzugeben, und schickte das 34. Raumlandebataillon unter Major Rohwedder, um uns rauszuhauen. Mir war der Einsatz dieser Männer vorgekommen, als befände ich mich in einem Traum, aus dem ich nicht aufzuwachen vermochte.

Als die gigantischen Kreuzer über Krasnaya Kriusha niedergingen und die sowjetischen Truppen mit Leichtigkeit neutralisierten, war jedem meiner Männer und mir klar, dass im Hintergrund dieses Krieges etwas Ungeheuerliches vorging. Nachdem mein Regiment und unsere Gefangenen – eine kleine Gruppe um Sowjetmarschall Tschernikow hatte fliehen können – in die Raumschiffe verladen worden waren, klärten mich Generalfeldmarschall von Dankenfels und Major Rohwedder über diese Hintergründe auf.

Da die Soldaten meines Regimentes nun »eingeweiht« waren, verfügte der Generalfeldmarschall, dass wir Teil der 1. Raumlandedivision werden sollten. In welche Brigade wir letztlich eingegliedert werden sollten oder ob ich sogar später eine neue aufstellen sollte, stand noch nicht fest. Wir wurden zunächst zum Mond verbracht, um dort im Werk III ausgebildet zu werden. Der Umgang mit den neuen, für uns alle futuristisch anmutenden Waffen, die man auf Basis der Technologie der Vegalier entwickelt hatte, war nicht in wenigen Tagen zu erlernen. Es war zunächst eine »Grundausbildung« geplant, die acht Wochen dauern sollte. Für diese Zeit waren wir der 4. Raumlandebrigade angeschlossen, die auf dem Mond stationiert war.

Am Morgen des 31. März 1950 um 10:15 Uhr deutscher Zeit saß ich im größten Vortragssaal des Werkes, der immerhin sechstausend Soldaten Platz bot und mit den etwas mehr als dreitausend Mann meines Regiments in etwa halbvoll war. Wir lauschten den Ausführungen von Generalleutnant Hörster, dem Kommandeur der 4. Brigade. Er trug die typische schwarze Uniform der Kastrup mit Schirmmütze. Seine dunkelbraunen Haare waren an den Seiten auf wenige Millimeter gestutzt. Ein kleines Mikrophon an seinem Kragen ermöglichte die drahtlose Übertragung seiner Worte auf die Lautsprecher des Saales. Er war überall glasklar zu verstehen.

Der Generalleutnant referierte über den Einsatz von Fusionshandgranaten im taktischen Gefecht. Er stellte Dutzende Szenarien vor, in denen man diese Waffen einsetzen konnte, und legte besonderen Wert auf die Sprengkraft, die über das Multifunktionsgerät am linken Handgelenk in der jeweiligen Situation eingestellt werden konnte.

Doch dann geschah etwas Ungewöhnliches. Hörster unterbrach sich mitten im Satz und schaltete das Mikrophon an seinem Kragen aus. Er fingerte seinen flachen Kommunikator aus seiner Brusttasche und klappte ihn auf. Niemand im Publikum konnte hören, was der Generalleutnant sagte und mit wem er sich unterhielt. Das Gespräch dauerte lediglich eine knappe halbe Minute. Das Ungewöhnliche an der Situation war, dass man einen Kommunikator mit einer Sprachnachricht versehen konnte, was der Generalleutnant vor seinem Vortrag sicherlich getan hatte. Der Anrufer hatte also erfahren, dass Hörster nicht gestört werden wollte. Um den Kommunikator trotzdem dazu zu bewegen, das Gespräch anzunehmen, war die Eingabe eines Zahlencodes notwendig, der vom Zentralrechner des Werkes im Minutenabstand geändert wurde. Zugriff auf den Code zur Freischaltung des Kommunikators des Generalleutnants hatten sicherlich nur eine Handvoll Personen, die alle der obersten Befehlsstruktur angehörten.

Hörster schaltete sein Mikrophon wieder ein. Seine braunen Augen glühten wie Kohlen – ein untrügliches Zeichen dafür, dass etwas Bedeutsames vorgefallen war.

»Ich habe soeben von Generaloberst von Stetten den Einsatzbefehl für die gesamte 4. Brigade erhalten. Es handelt sich um einen Rettungseinsatz. Im Zuge der erfolgreichen Kämpfe um Kallisto Werk I ist im weiteren Verlauf ein von unseren Truppen gekaperter Kreuzer im Pazifik abgestürzt – und ausgerechnet mitten im Aufmarschgebiet einer amerikanischen Flotte niedergegangen.

Der Kaiser persönlich hat befohlen, unsere Jungs da rauszuhauen, und zwar unter Einsatz der Raumflotte. Dies bedeutet natürlich, dass wir die rund zehntausend beteiligten amerikanischen Soldaten gefangen nehmen müssen, damit sie die Öffentlichkeit nicht über die V-Technologie informieren können.

Es geht sofort los. Ich bitte Sie, Ihre Quartiere aufzusuchen. Dies gilt nicht für Generalmajor Filippani-Ronconi, den ich bitte, zu mir auf die Bühne zu kommen.«

Während die Soldaten meines Regiments mit der üblichen Ordnung den Vortragssaal verließen, schlug ich die entgegengesetzte Richtung zur Bühne ein. Ich stieg die Stufen empor und stand wenige Sekunden später vor Hörster.

»Ich möchte, dass Sie die 4. Brigade begleiten, um praktische Erfahrungen zu sammeln. Sie sollen lediglich beobachten und selbst nicht in die Kämpfe eingreifen. Bitte folgen Sie mir!«

Wir verließen den Saal durch den Bühnenausgang. Durch einen angrenzenden Raum, vollgestopft mit Elektronik für die Lautsprechersysteme und den übergroßen Wandbildschirm des Saales, gelangten wir in einen der typischen, trostlos wirkenden Gänge, wo wir vom Sirenengeheul des Alarms empfangen wurden. Die Tonfolge gab Auskunft darüber, dass sich die Mannschaften in den Hangars einzufinden hatten, dass jedoch keine unmittelbare Gefahr für das Werk bestand.

Der Boden, die Decke und die Wände des Gangs bestanden aus Beton, der mit grauer Farbe lackiert worden war. Die einzige Zierde waren die in unterschiedlichen Farben angebrachten Wegweiser. Wir reihten uns in den Strom der Kameraden ein, die bereits auf dem Weg zu den Hangars waren.

Weniger als zwei Minuten später trafen wir in der riesigen Halle ein, die eine Grundfläche von fast zwei Quadratkilometern hatte. Acht Rochenschiffe schwebten nur wenige Meter über dem Betonboden. Die Schleusenrampen waren ausgefahren. Jeder der Kreuzer fasste fünfhundert Mann, die ein Bataillon bildeten. Der jeweilige Bataillonskommandeur nahm unmittelbar vor der Rampe »seines« Kreuzers Aufstellung, während seine Soldaten ein Rechteck von zwanzig mal fünfundzwanzig Mann bildeten.

Nur zehn Minuten, nachdem der Generalleutnant vom Kommandeur der Raumlandedivision über den bevorstehenden Einsatz informiert worden und der Einsatzalarm ausgelöst worden war, waren die viertausend Soldaten in acht Rechtecken vor den Schleusenrampen der Kreuzer in voller Kampfmontur angetreten.

»Vorwärts!«, befahl Hörster. Seine Stimme hallte durch den Hangar.

In Viererreihen lösten sich die Soldaten aus den Rechtecken und eilten im Laufschritt über die Schleusenrampen. Eine Minute später konnten die Rampen eingefahren werden.

Ich folgte dem Generalleutnant in die K-23, die er zu seinem Flaggschiff bestimmt hatte. Wir begaben uns sofort in die Zentrale. Am Kommunikationspult gab Hörster seine Befehle an die Kommandanten der Kreuzer und Wachmannschaften.

Nachdem die Atmosphäre abgepumpt worden war, öffnete sich das Hauptschott. Es entstand zunächst ein fünfhundert Meter breiter horizontaler Spalt, der sich schnell vergrößerte und den Blick auf das Mare Crisium freigab. Nachdem die beiden Hälften des Schotts in Decke und Boden verschwunden waren, hoben die acht Kreuzer ab und zündeten ihre Ionentriebwerke. Mit geringer Fahrt verließen sie den Hangar, bis sie über dem Mondmeer schwebten. Dann wurde in großer Menge N-Masse in den Negatrons der Raumschiffe erzeugt. Die resultierende Abstoßungswirkung katapultierte die schwarzen Rochen in den freien Raum hinaus. Rasend schnell sah ich die Mondoberfläche mit dem charakteristischen Ringwall des Mare unter uns wegfallen. Auf dem Frontbildschirm leuchtete bereits der blaue Planet, die Wiege der Menschheit und Keimzelle der nordischen Kultur.

Während die Erde schnell größer wurde, erhielten wir die genauen geodätischen Koordinaten der Absturzstelle des Kreuzers. Sie waren von einer unserer Raumstationen ermittelt worden, die den Kampf zwischen den drei Kreuzern beobachtet hatte. Diese Koordinaten wurden von unserer Pazifik-Station bestätigt, die einen Notruf empfangen hatte und durch Dreieckmessung die Position des Senders bestimmt hatte.

Über Flottenrundruf befahl der Generalleutnant, dass das Feuer nur auf seinen ausdrücklichen Befehl hin eröffnet werden durfte.

Eine gespannte Atmosphäre herrschte unter den Offizieren in der Zentrale, als die acht Kreuzer mit hoher Geschwindigkeit in die Atmosphäre unseres Heimatplaneten eindrangen. Das tiefe, nur von wenigen weißen Wolkenfetzen unterbrochene Blau des Pazifiks wurde vom rötlichen Schimmer der erhitzten Luftmassen überlagert. Der Zentralrechner korrigierte das Bild, sodass nach wenigen Sekunden wieder das unverfälschte strahlende Blau des Ozeans zu sehen war, obwohl ich wusste, dass die acht Raumschiffe nun von außen betrachtet wie glühende Meteore dem Meer entgegenstürzten. Im buchstäblich letzten Moment wurden die Negatrons der Kreuzer auf ihre maximale Leistung gefahren. Die erzeugte N-Masse wurde von der Erde abgestoßen und bremste den Sturz der Schiffe mit einer Verzögerung von einhundertzwanzig g ab. Auf dem Hauptbildschirm sah ich die Meeresoberfläche rasend schnell auf uns zuschießen. Ich erkannte die Konturen des Kwajalein-Atolls und das Kielwasser von Dutzenden Schiffen, die sich im weiten Bogen um das Atoll herum bewegten.

In fünf Kilometer Höhe hatte die abstoßende Wirkung der N-Masse unsere Geschwindigkeit vollkommen aufgehoben. Die exotische Materie wurde in Energie umgewandelt, die den Negatrons zugeführt wurde. Übrig blieb nur genau jene Menge an N-Masse, die die Kreuzer in der Schwebe hielt.

Wir befanden uns ziemlich genau über jenem Punkt, den ich als geometrischen Mittelpunkt des Atolls abgeschätzt hätte. Unter uns glänzte das grünblaue Wasser der Lagune, um die herum die langgestreckten Inseln eine natürliche Begrenzung bildeten. Es wäre ein paradiesischer Anblick gewesen, wenn die Kriegsschiffe außerhalb und der abgestürzte Kreuzer innerhalb der Lagune das Bild nicht empfindlich getrübt hätten.

Ich erkannte zwei Flugzeugträger, drei Schlachtschiffe sowie Dutzende Kreuzer, Zerstörer und Kanonenboote.

Hörster trat an das Mikrophon des Kommunikationspultes. Er schaltete auf eine der bei den Amerikanern üblichen Frequenzen.

»Hier spricht Generalleutnant Hörster, Kommandeur der 4. Raumlandebrigade der Kastrup. Ich ersuche um ein Gespräch mit dem Befehlshabenden der amerikanischen Flotte.«

Ende des Auszugs

*

Kerzengerade, jedoch mit der obligatorischen Zigarre zwischen Zeige- und Mittelfinger der Rechten stand Colonel O'Brien vor seinem direkten Vorgesetzten, Brigadegeneral Forrester, der die Invasionstruppen befehligte, die vor wenigen Tagen das Kwajalein-Atoll ohne Gegenwehr der Japaner eingenommen hatten.

Zufrieden ließ O'Brien die Lobesrede Forresters über sich ergehen.

»... weshalb die United States Marines stolz auf unerschrockene Männer wie Sie sein können. Ich werde Präsident Truman persönlich von unseren außergewöhnlichen Gefangenen berichten und dabei Ihre Verdienste, Colonel, nicht unerwähnt lassen.

Offensichtlich verfügt der Feind über eine Geheimtechnologie, die viel weiter entwickelt ist, als wir ahnen konnten. Deshalb ist es im nationalen Interesse der Vereinigten Staaten ...«

Von draußen drangen die Rufe von Soldaten in die Holzhütte, die dem Brigadegeneral als Kommandostand diente. Forrester zog seine Stirn kraus, wobei seine buschigen, dunkelgrauen Augenbrauen ein paar Millimeter nach unten wanderten.

»Was zum Teufel …«, sagte er und ging energischen Schrittes, an O'Brien vorbei Richtung Ausgangstür.

Der Colonel wartete in seiner kerzengraden Haltung, bis der Brigadegeneral an ihm vorüber war, dann schloss er sich ihm an.

Noch bevor Forrester die Holztüre erreichte, ließ ein Donnern die Hütte erzittern, als ob in der Nähe die komplette Breitseite eines Schlachtschiffes eingeschlagen hätte.

Die beiden Offiziere warfen sich auf den Boden, der wie unter den Hammerschlägen eines Riesen zitterte.

»Was zum Teufel …«, wiederholte der Brigadegeneral und richtete sich wieder auf. O'Brien folgte ihm nach draußen. Dort standen Hunderte Soldaten am Strand der Hauptinsel Kwajalein. Sie riefen durcheinander und deuteten aufgeregt in den Himmel.

O'Brien legte den Kopf in den Nacken. In wenigen Kilometern Höhe schwebten acht Rochenschiffe des Typs, der wenige Stunden zuvor in die Lagune gestürzt war.

»Was zum Teufel …«, beschwor Forrester zum dritten Mal den Höllenfürsten.

»Jetzt wissen wir auch, was das für ein Donnern war«, sagte O'Brien. »Die acht Raumschiffe näherten sich mit Überschall und haben dabei natürlich eine gewaltige Stoßwelle verursacht.«

Aus der Nachbarhütte kam ein aufgeregter Second Lieutenant hervorgestürzt. »Wir haben einen Funkspruch empfangen. Ein gewisser Generalleutnant Hörster möchte den Admiral sprechen. Er behauptet, Kommandeur einer Raumlandebrigade der Kastrup zu sein.«

»Raumlandebrigade? Bis vor ein paar Stunden hätte ich jeden in eine Gummizelle sperren lassen, der mir etwas über Raumlandetruppen erzählt hätte«, murmelte Forrester. Mit O'Brien im Schlepptau ging er auf den Second Lieutenant zu, der es hastig nachholte zu salutieren.

Der Brigadegeneral winkte ab. »Sorgen Sie dafür, dass für mich ein Funkgerät freigemacht wird, damit ich das Gespräch zwischen Vice Admiral Black und diesem ominösen Generalleutnant mithören kann.«

»Sie können mein Funkgerät benutzen. Bitte folgen Sie mir.« Der etwas rundliche Second Lieutenant schritt voran und betrat die Holzhütte, die neben dem Kommandostand des Brigadegenerals als Funkbude diente, als Erster. Die dort anwesenden vier Soldaten erhoben sich und salutierten. Der Second Lieutenant deutete auf seinen Platz. »Bitte! Sie brauchen nur den Stecker des Kopfhörers herauszuziehen, dann können wir alle das Gespräch über Lautsprecher verfolgen. Die passende Frequenz ist bereits eingestellt.«

Forrester nahm das Schiffchen von seinem Kopf und ließ sich auf den einfachen Holzstuhl nieder. Statt jedoch der Aufforderung nachzukommen, den Stecker zu ziehen, setzte er den Kopfhörer auf. Schließlich sah er keinen Grund, warum die Anwesenden hören sollten, was der Admiral dem Kastrup-Offizier zu sagen hatte. Dem Second Lieutenant war die Enttäuschung deutlich anzumerken, und auch O'Brien verzog missmutig das Gesicht. Zu gerne hätte auch er das Gespräch verfolgt.

Forrester hörte zunächst ein paar Sekunden nichts als Rauschen. Dann ertönte die Stimme des Unbekannten: »Hier spricht Generalleutnant Hörster, Kommandeur der 4. Raumlandebrigade der Kastrup. Ich ersuche um ein Gespräch mit dem Befehlshabenden der amerikanischen Flotte.« Nach einer Pause von exakt einer Minute wurde der Spruch wiederholt. Dreimal hörte Forrester die Ansage Hörsters, dann meldete sich endlich der Oberkommandierende der amerikanischen Flotte:

»Vice Admiral Black hier. Was wünschen Sie, Generalleutnant? Außerdem wäre es äußerst freundlich von Ihnen, mich darüber aufzuklären, was es mit Ihren seltsamen Luftschiffen auf sich hat.«

»Es freut mich, dass Sie sich doch noch zu einem Gespräch mit mir entschlossen haben«, gab Hörster mit leicht ironischem Unterton in Anspielung auf die relativ lange Zeit zurück, die er auf den Vice Admiral hatte warten müssen. »Bei den ‚seltsamen Luftschiffen' handelt es sich um Kreuzer der Kaiserlichen Raumflotte. Wir sind hier, um Sie höflichst um die Herausgabe unserer Kameraden zu bitten, die unglücklicherweise in die Lagune gestürzt sind. Zusätzlich möchte ich Ihnen Gelegenheit zur Kapitulation geben. Wir sind nicht daran interessiert, dass die Öffentlichkeit etwas von unseren ‚seltsamen Luftschiffen' erfährt, weshalb ich mich gezwungen sehe, sämtliche Soldaten auf Kwajalein und an Bord Ihrer Schiffe gefangen zu nehmen.«

Das Dröhnen von Propeller- und Düsenflugzeugen war zu hören. Die beiden amerikanischen Träger hatten ihre Abfangjäger gestartet.

Black lachte trocken und äußerst humorlos. Dann sagte er: »Mit Ihren ungewöhnlich geformten Zeppelinen können Sie mich nicht beeindrucken. Ich weiß auch nicht, welche Tricks Sie anwandten, um uns vorzugaukeln, Ihre primitiven Luftschiffe hätten sich mit Überschallgeschwindigkeit genähert. Es ist mir auch herzlich egal. Ich fordere Sie auf, Ihre Luftschiffe zu landen und sich meinen Bodentruppen auf Kwajalein zu ergeben.«

»Mein lieber Vice Admiral! Es handelt sich bei meinen Kreuzern mitnichten um Luftschiffe, die mit einem leichten Gas gefüllt in die Lage versetzt werden zu schweben.«

»Erzählen Sie das Ihrer Großmutter …«

In den Lärm der Flugzeugmotoren mischte sich das trockene Krachen der Abschüsse schwerer Kanonen. Untermalt wurde die Geräuschkulisse vom einsetzenden Maschinengewehrfeuer der Jagdflieger.

O'Brien, dem es ohnehin verwehrt worden war, dem Gespräch zu lauschen, hielt nichts mehr in der Funkbude. Er stürmte nach draußen, um zu sehen, wie das Feuer der Flak und der Abfangjäger auf die schwarzen Rochenschiffe wirkte.

Am Himmel war der Teufel los. Unzählige schwarze Detonationsblumen der Flakgeschütze standen zwischen den Kreuzern. Immer neue kamen hinzu. Die Jäger hielten sich ein paar hundert Meter tiefer, um nicht vom eigenen Flugabwehrfeuer getroffen zu werden.

Plötzlich zuckte etwas grün Leuchtendes für einen Sekundenbruchteil vom Himmel herab. Weit draußen auf dem offenen Meer entstand ein greller Blitz. O'Brien, der in Richtung der Lagune blickte, sah die paradiesische Landschaft für einen Moment in grelles Licht getaucht. Er wandte sich um und rannte zwischen Funk- und Kommandohütte hindurch, wich einer dazwischen stehenden Palme aus und sprintete weiter zum einhundert Meter entfernten Pazifikstrand. Beim Anblick, der sich ihm darbot, legte sich eine eiskalte Hand um sein Herz.

*

Auszug aus »Die Schwarzen Adler – Geschichte des 12. Kastrup Fallschirmjägerregiments, Band 3« von Generalmajor Pio Filippani-Ronconi, Unitall Verlag, Neumünchen, Mars, Juli 1954

Der Vizeadmiral ist verrückt, schoss mir durch den Kopf, als ich Black von »Luftschiffen« und irgendwelchen Tricks faseln hörte, die wir angeblich aufgeboten hatten, um ihn zu täuschen. Ich befürchtete in jenem Moment, dass der Oberkommandierende der amerikanischen Flotte zu jenen Menschen gehörte, für die nicht wahr sein konnte, was nicht wahr sein durfte. Meine Einschätzung wurde bestätigt, als ich die Mündungsblitze der Geschütze tief unter uns sah. Offensichtlich gedachte der Vizeadmiral unsere »seltsam geformten Zeppeline« durch eine Flaksalve vom Himmel zu holen.

Zwischen unseren Kreuzern blühten die typischen Detonationswolken des Flakfeuers auf. Nach einer Woche wusste ich genug über die V-Technologie, um sicher ausschließen zu können, dass die Splitter der Granaten auch nur einen Kratzer auf den Kohlenstoff-Komposit-Wandungen der Kreuzer zu bewirken in der Lage waren. Selbst ein direkter Granattreffer würde im Innern nicht zu spüren sein. Um die Panzerung zu knacken, bedurfte es entweder Detonationen, die mehrere tausend Grad Hitze erzeugten, oder der mechanischen Einwirkung einer aus kurzer Distanz abgefeuerten Granate, wie sie aus Schlachtschiffkanonen abgefeuert wurden.

Hörster schüttelte missmutig den Kopf. »Vorgehen nach Angriffsplan L-A«, sprach er ruhig in das Mikrophon des Kommunikationspultes. Es handelte sich um die Standardvariante für die Landung einer Brigade: Vier Kreuzer blieben »oben« und gaben den anderen vier Feuerschutz. Letztere stießen schnellstmöglich zur Erdoberfläche vor, entluden ihre Truppen und stiegen wieder auf, um den anderen vier Kreuzern Feuerschutz zu geben, die nun ihrerseits herabstürzten, um ihre Truppen als zweite Welle zu entladen.

Das Flaggschiff, die K-23, gehörte zu den vier Kreuzern, die zunächst ihre Flughöhe hielten. Der Flakbeschuss nahm beständig zu, weil sich immer mehr Schiffe der amerikanischen Flotte nahe genug an das Atoll heran schoben, um die schwarzen Rochen in drei Kilometer Höhe mit ihren Flakgeschützen erreichen zu können.

Auf dem Bildschirm, der das Geschehen unterhalb der K-23 zeigte, sah ich die vier Kreuzer dem Boden entgegen fallen. der Flakbeschuss des Gegners konzentrierte sich nun auf die vier Schwesterschiffe. Die einzelnen Explosionen standen so dicht, dass sie eine riesige schwarze Wolke bildeten, in der die vier Raumer nur noch schemenhaft zu erkennen waren.

»Es hilft alles nichts. Wir müssen ein Exempel statuieren«, sagte Hörster. Kopfschüttelnd legte er einen Schalter auf dem

Kommunikationspult um, der ihn direkt mit dem Waffenleitstand verband. Er beugte sich vor und sprach ins Mikrophon: »Suchen Sie sich einen amerikanischen Zerstörer aus. Vernichten Sie ihn mit einem einzigen Schuss. Verwenden Sie eine Sprengkraft vom fünfhundert Tonnen.«

Mir war klar, dass dies die maximale Detonationswirkung einer Fusionsgranate war – viel mehr, als nötig gewesen wäre, um einen Zerstörer zu vernichten. Der Generalleutnant wollte dem Gegner zeigen, dass eine einzige Granate auch ausgereicht hätte, um ein Schlachtschiff oder einen Flugzeugträger zu vernichten.

Deutlich sah ich die grünlich leuchtende Schussbahn der Granate, die unmittelbar in die Aufbauten eines Zerstörers schlug. Es entstand eine grelle Halbkugel aus Glut, die sich rasend schnell über das Meer ausbreitete.

Ende des Auszugs.

*

Vier der Rochenschiffe hatten sich aus dem Verband gelöst und stürzten der Hauptinsel Kwajalein entgegen. O'Brien fühlte sich wie eine Maus, die von vier Adlern gleichzeitig gejagt wurde. Die amerikanische Flotte stellte den Flakbeschuss ein, um die eigenen Soldaten am Boden nicht zu gefährden.

Der Eindruck O'Briens, nicht entkommen zu können, wurde von dem Dom aus greller Glut verstärkt, der sich in wenigen hundert Metern Entfernung über das Meer ausbreitete. Schwach waren die Konturen eines Zerstörers zu erkennen, der wie aus Wachs unter Einwirkung eines Schweißbrenners zu zerfließen schien. Die Druckwelle ließ das Meer schäumen und kam mit rasender Geschwindigkeit auf O'Brien zu.

Der Colonel warf sich flach zu Boden. Der glühend heiße Atem eines Dämons schoss über ihn hinweg. Dutzende Kameraden, die sich nicht schnell genug auf den Boden geworfen hatten, wurden von ihr erfasst und umgeworfen. Die Dächer der Holzhütten wurden wie welke Blätter davon gefegt. Sämtliche Fensterscheiben gingen zu Bruch.

Die vier Kreuzer erreichten den Boden. Einer davon landete in nur fünfzig Meter Entfernung. Unterhalb jener Stelle, an der der »Stachel« mit dem Rumpf verbunden war, klappten Rampen herunter. Noch in der gleichen Sekunde stürmten Soldaten mit martialisch wirkenden schwarzen Uniformen in Viererreihen aus dem Innern. Sie trugen die typischen Helme der Kastrup, die jedoch mit Gasmasken fest verbunden schienen. Aus dem Mundstück führte ein Schlauch in einen Rückentornister. Glieder, Brust und Becken waren durch starre, mattschwarze Segmente geschützt, die wie ein Außenskelett wirkten. Die Segmente wurden durch einen lederartigen Stoff verbunden. Einige Marines, die den Schock als Erste überwunden hatten, begannen mit Karabinern und Maschinenpistolen auf die Angreifer zu feuern. O'Brien sah ein paar Kugeln Funken schlagend von den Rüstungen abprallen. Einige der getroffenen Schwarzuniformierten wurden von der Wucht des Aufpralls umgeworfen, erhoben sich aber sofort wieder.

Dann schossen die Kastrup-Soldaten zurück. Die Luft war plötzlich erfüllt von Dutzenden hellgrün leuchtenden Geschossbahnen. Die Marines, die zuvor geschossen hatten, wurden von den Hochenergiegeschossen ziemlich übel zugerichtet. Das grausame Schicksal ihrer Kameraden einerseits und die Unverwundbarkeit des Gegners andererseits brachen jeglichen Widerstandswillen der Marines. Sie warfen ihre Waffen weg und streckten die Hände über die Köpfe, während die ersten Schwarzuniformierten das Hüttendorf erreichten. Sie traten die Holztüren ein und stürmten ins Innere.

*

Auszug aus »Die Schwarzen Adler – Geschichte des 12. Kastrup Fallschirmjägerregiments, Band 3« von Generalmajor Pio Filippani-Ronconi, Unitall Verlag, Neumünchen, Mars, Juli 1954

Diesmal dauerte es nur wenige Sekunden, bis der Generalleutnant den Vice Admiral in der Leitung hatte.

»Lassen Sie sofort jeglichen Beschuss einstellen, und befehlen Sie den Truppen an Land, die Waffen niederzulegen«, forderte Hörster mit ruhiger Stimme. »Zwingen Sie mich nicht, weitere Schiffe Ihrer Flotte zu vernichten.«

Auf einem der Bildschirme sah ich unsere Truppen aus den Kreuzern stürmen und das Feuer der Marines erwidern. Letztere warfen daraufhin ihre Waffen weg – die letzte Forderung des Generalleutnants erfüllte sich quasi von selbst.

»Ich kapituliere«, war die Stimme Blacks aus den Lautsprechern der Zentrale zu hören. »Nur – woher, zum Teufel, haben Sie plötzlich diese Superwaffen?«

»Lassen Sie Ihre Flotte vor Kwajalein vor Anker gehen. Die Flugzeuge sollen zu den Trägern zurückkehren. Die Mannschaften sollen ihre Schiffe verlassen und sich auf der Hauptinsel einfinden. Betrachten Sie die Flotte als vom Deutschen Reich konfisziert. Sollten von den Mannschaften vor Verlassen der Einheiten Schäden angerichtet werden, so würde ich dies als kriegerischen Akt verstehen und Ihre Kapitulation wäre hinfällig – mit allen Konsequenzen.«

»Ich werde die entsprechenden Befehle geben. Doch bitte beantworten Sie meine Frage nach der Herkunft Ihrer Waffen.«

»Wir treffen uns auf Kwajalein, dann werde ich Ihre Fragen beantworten. Bis dahin sollten wir uns beide darum kümmern, dass es nicht zu weiterem unsinnigem Blutvergießen kommt.«

Wenige Minuten später sah ich Hunderte Rettungsboote, die sich von den Kriegsschiffen lösten und auf die Hauptinsel an der Südspitze des Atolls Kurs nahmen. Als die ersten von ihnen die Strände erreichten, befahl der Generalleutnant die Landung der übrigen vier Kreuzer.

Zum zweiten Mal innerhalb einer Woche war ich nun Zeuge eines Kampfes zwischen konventionellen Truppen und mit V-Technologie ausgestatteten Kastrup-Verbänden geworden. Die Überlegenheit der Raumlandetruppen war ungeheuerlich. Es war, als würde eine Panzerdivision gegen eine Legion meiner Vorfahren antreten.

Als wir landeten, wurden die ersten Schiffsbesatzungen von unseren Raumlandesoldaten in Empfang genommen und zu ihren Kameraden geleitet.

Nach den fünfhundert Mann des Bataillons, das die K-23 transportiert hatte, verließ ich zusammen mit dem Generalleutnant und einigen weiteren Offizieren den Kreuzer. Draußen empfing uns die würzige, warme Meeresluft, die ich tief in meine Lungen sog.

Die Marines hockten in Gruppen zu rund fünfzig bis zweihundert Soldaten am Boden. Jede dieser Gruppen wurde von wenigen Raumlandesoldaten bewacht. Nach und nach gesellten sich die Besatzungen zu ihnen.

Vice Admiral Black wurde in Begleitung von vier seiner Offiziere von einem halben Dutzend Kameraden zu uns geführt. Nach einer kurzen Begrüßung forderte der Generalleutnant den Vizeadmiral auf, ihm in die K-23 zu folgen. Auf dem Weg in die Zentrale klärte er den Amerikaner über die Organisation auf und ließ auch die bevorstehende Invasion der Vegalier nicht unerwähnt. An den Gesichtszügen Blacks erkannte ich deutlich, wie dessen Weltbild zerbrach – ähnlich war es mir vor einer Woche selbst ergangen, jedoch unter umgekehrten Vorzeichen. Die Raumlandetruppen waren erschienen, um mein Regiment und mich vor dem Ansturm der Roten Armee zu retten. Dies hatte es mir erheblich leichter gemacht, die neue Wirklichkeit zu akzeptieren. Für den Vizeadmiral war unser Einsatz ein einziger Albtraum, der ihn seine Flotte gekostet hatte und ihm nun die Kriegsgefangenschaft bescherte.

In der Zentrale erwarteten uns bereits Rohwedder, seine elf Kameraden und die Besatzung des abgestürzten Kreuzers. Einige von ihnen lagen auf Tragen und wurden von Sanitätern versorgt.

Ein Hauptmann, den ich noch nicht persönlich kannte, salutierte vor Hörster und meldete: »Einsatzkommando ‚Rohwedder' vollzählig aus der Gewalt des Gegners befreit. Einige der Kameraden wurden beim Aufprall der K-44 schwer verletzt. Weitere medizinische Versorgung in einem unserer Stützpunkte dringend erforderlich.«

Der Generalleutnant nickte kurz und gab dann den Befehl, die erste Ladung Gefangene einzuschiffen. Neben den viertausend Soldaten der Marine-Brigade waren mittlerweile fünfzehntausend Soldaten von den Schiffen der amerikanischen Flotte eingetroffen. Unsere acht Kreuzer würden sechs Mal fliegen müssen, um sämtliche Gefangenen und unsere eigenen Truppen nach Nendo zu transportieren. Dabei handelte es sich um die größte der Santa-Cruz-Inseln, etwa fünfzehnhundert Kilometer nordöstlich von Australien gelegen. Die Entfernung zu Kwajalein betrug rund zweitausend Kilometer – eine Strecke, die unsere Kreuzer in wenigen Minuten zurücklegen konnten. Die gesamte Evakuierungsaktion war mit maximal zwei Stunden veranschlagt worden.

Als die ersten Gefangenen in Begleitung ihrer Bewacher die Kreuzer betraten, ließ Hörster eine Verbindung zum Kaiserpalast in Berlin herstellen. Kurz darauf war die Stimme Friedrichs aus den Lautsprechern zu hören.

»Ich nehme an, alles ist nach Plan verlaufen?«

»Gewiss, Eure Majestät. Wir waren leider gezwungen, einen amerikanischen Zerstörer zu vernichten, um unsere Feuerkraft zu demonstrieren. Bei der Landung unserer Truppen wurde auf sie geschossen. Beim anschließenden Feuergefecht starben nach meinen jetzigen Informationen dreizehn Marines. Eigene Verluste haben wir keine zu beklagen.

Die Soldaten Rohwedders sind befreit. Alle bis auf Feldwebel Wolf sind ziemlich schwer verletzt – Knochenbrüche und innere Blutungen. Sie werden mit den ersten Kriegsgefangenen nach Nendo gebracht und dort weiter behandelt. Die gesamte Evakuierungsaktion wird weniger als zwei Stunden in Anspruch nehmen.«

»Sehr gut! Dann werde ich nach diesem Gespräch den Tenno informieren. Die von den Marshall-Inseln vertriebene japanische Flotte soll zurückkehren und sich der verlassenen amerikanischen Schiffe bemächtigen. Bis die Japaner eintreffen, werden Sie längst weg sein. Die havarierte K-44 werden Sie über Gravitationskopplung an einen unserer Kreuzer binden und einfach mitnehmen. Unsere Freunde werden sich sicher über die verlassene Flotte und das geräumte Kwajalein-Atoll wundern. Die japanische Führung wird ihren Soldaten erzählen, dass man nicht genau wüsste, was mit den Amerikanern geschehen sei. Es lägen jedoch unbestätigte Berichte des deutschen Geheimdienstes vor, nach denen die Amerikaner einer neuartigen Waffe zum Opfer gefallen seien, die sie selbst auf dem Atoll testeten. Ihre Körper seien dabei vollständig aufgelöst worden.

Bitte melden Sie sich noch einmal, wenn die Evakuierungsaktion abgeschlossen ist. Und vergessen Sie bitte nicht, Major Rohwedder die besten Glückwünsche von Generalfeldmarschall von Dankenfels und von mir auszurichten. Sein Bataillon hat Großartiges auf Kallisto geleistet.«

Hörster lächelte kurz über die Phantasiegeschichte, die den Soldaten der japanischen Flotte aufgetischt werden würde. Dann sagte er mit deutlich in seinen Worten mitschwingender Besorgnis: »Der Major ist immer noch bewusstlos. Er wird so gut es geht medizinisch versorgt. Er muss jedoch operiert werden. Die Sanitäter vermuten einen Riss in seiner Milz. Unsere Ärzte auf Nendo sind bereits informiert und werden den Major und einige weitere kritische Fälle sofort in Empfang nehmen, sobald wir dort gelandet sind.«

»Der Major schwebt in Lebensgefahr?«

»Nach Ansicht der Sanitäter sieht es so aus. Er droht an seiner inneren Verletzung zu verbluten.«

»Beeilen Sie sich. Rohwedder gehört zu den besten Soldaten des Reiches.«

Hörster blickte kurz auf den Hauptbildschirm, der hoch über dem Kommunikationspult angebracht war. Darauf war das offene Meer aus großer Höhe zu sehen. »Wir sind bereits in der Luft. In wenigen Minuten landen wir auf Nendo. Der Major hat seit dem Absturz fünf Stunden überstanden, dann wird er die paar Minuten auch noch durchhalten.«

»Ihr Wort in Gottes Ohr. Melden Sie sich, sobald es Neuigkeiten gibt.«

*

Die vierzig Kilometer lange und bis zu zweiundzwanzig Kilometer breite Insel war komplett mit einem dichten Urwald bedeckt. Nichts deutete darauf hin, dass sich auf Nendo der größte Stützpunkt der ehemaligen »Organisation« befand.

Unsere acht Kreuzer senkten sich auf den geometrischen Mittelpunkt der Insel herab. Von einem Stützpunkt war immer noch nichts zu erkennen. Ich sah nichts als einen grünen Teppich aus Bäumen unter uns.

Als wir näher kamen wirkte das Laubdach seltsam verschwommen, und dann sanken wir einfach durch den Urwald hindurch, als bestünde er aus Luft.

»Holografische Projektion«, kommentierte Hörster, dem wohl mein verblüffter Gesichtsausdruck aufgefallen war. »Zur Verhinderung einer Entdeckung aus der Luft durch amerikanische oder japanische Flugzeuge dürfte der kleine Trick wohl ausreichen. Doch die Vegalier werden die Tarnung wahrscheinlich durchschauen, sobald sie hier auftauchen.«

Auf den Bildschirmen erkannte ich nun über uns schwebende, unscharf wirkende Bäume, während wir in eine Halle hinab sanken, die rund einen Kilometer im Quadrat maß und dreihundert Meter hoch war. Auf dem Betonboden erkannte ich mehrere Elektrofahrzeuge, wie sie auch auf dem Mond benutzt wurden, denen man ein rotes Kreuz auf weißem Kreis auflackiert hatte.

Als wir aufsetzten, befahl der Generalleutnant den Wachmannschaften, die Gefangenen erst dann hinauszuführen, nachdem die Verwundeten den Kreuzer verlassen hatten. Je zwei Sanitäter nahmen sich eine der Tragen und verließen damit im Laufschritt die Zentrale. Hörster, die anwesenden Kastrup-Offiziere, Vizeadmiral Black, seine vier Admiralstabsoffiziere und ich folgten ihnen.

Draußen wurden die Soldaten des Einsatzkommandos und die Besatzung von K-44 in die Krankenwagen geladen, während wir auf einem Mannschaftstransporter Platz nahmen. Fast geräuschlos fuhren die von kleinen Kontraktanzellen angetriebenen Elektrofahrzeuge los. Durch einen fünf mal zehn Meter messenden Tunnel, der senkrecht in die Hallenwand mündete, fuhren wir einen weiteren Kilometer, bis wir in eine gigantische Höhle gelangten. Sie schien natürlichen Ursprungs zu sein. Zwanzig riesige Scheinwerfer an der Decke tauchten die Stadt in ein unnatürliches Licht.

Der Tunnel wurde zu einer Serpentinenstrecke, die sich an der Höhlenwand entlang bis auf den einen Kilometer tiefer gelegenen Boden schlängelte. Dort war eine kleine Stadt aus zweckmäßigen Bauwerken errichtet worden. Dutzende Lagerhallen reihten sich im vorderen Bereich der Höhle aneinander, im Innern erhoben sich schmucklose Plattenbauten mit fünf bis zwanzig Stockwerken.

Die Wagenkolonne durchquerte den Bereich der Lagerhallen und machte schließlich vor einem der Plattenbauten halt. Die Sanitäter schafften die sechsunddreißig Verwundeten (die zwölf Soldaten des Einsatzkommandos »Rohwedder« und die vierundzwanzigköpfige Besatzung der K-44) in das Gebäude. Unser Mannschaftswagen ruckte wieder an und hielt vor der Höhlenwand, die dem Tunnel, aus dem wir gekommen waren, gegenüber lag.

Ein Bunker mit tief in den meterdicken Betonwänden eingearbeiteter Stahltüre war in den nackten Fels der Höhlenwand integriert. Vor dem Eingang standen zwei Kameraden, die den Weg sofort freigaben, als sie den Generalleutnant erkannten.

Unmittelbar vor uns glitt die Türe seitlich in die Betonwand. Wir gelangten in einen quadratischen Saal von einhundert Metern Kantenlänge. Er war vollgestopft mit Bildschirmen, Computerschränken und anderen elektronischen Geräten, deren Sinn mir noch unbekannt war. Dutzende Soldaten gingen ihrer Beschäftigung nach. Ich vermutete, dass hier alle relevanten Informationen aus dem pazifischen Raum zusammenliefen.

Ein Offizier mit den Rangabzeichen eines Obersten kam uns entgegen. Unmittelbar vor uns baute er sich auf und grüßte.

»Sie also sind Oberst von Finkenstein«, entgegnete Hörster. »Ich habe schon viel Gutes über Sie vernommen.«

»Das freut mich zu hören. Ich habe erfahren, Sie würden hier mehr als fünfzehntausend Gefangene abliefern. Ist das korrekt?«

»Ja. Es werden wohl eher zwanzigtausend werden.«

»Wie soll ich die hier denn alle unterbringen? Wir sind ein Stützpunkt, kein Gefangenenlager.«

»Es geht nun einmal nicht anders. Die Gefangenen müssen isoliert werden. Ansonsten könnten Informationen über die V-Technologie an die Öffentlichkeit gelangen.«

Der Oberst zog seine buschigen Augenbrauen fragend hoch. »Bedeutet das, dass die armen Schweine nun in den nächsten Jahren kein Tageslicht zu sehen bekommen, dass sie bis zum Ende ihrer Tage wie die Fledermäuse in dieser Höhle hocken sollen? Und ganz davon abgesehen: Wir haben hier nicht genug Platz.«

Dann lassen Sie die Gefangenen doch an der Oberfläche, am besten am Meer, eine Stadt errichten. Holz gibt es hier schließlich genug.«

»Dann könnte unsere Tarnung auffliegen.«

»Das glaube ich nicht. Die Amerikaner haben sicherlich in den kommenden Jahren andere Probleme, als sich hier im Pazifik um ein Hüttendorf zu kümmern; und die Japaner bleiben der Insel auf Wunsch des Kaisers ohnehin fern.«

»Den Bau eines Dorfes muss ich mir genehmigen lassen. Das kann ich nicht einfach so entscheiden.«

»Die Genehmigung erteile ich Ihnen hiermit. Ich übernehme die volle Verantwortung. Denn wie Sie schon richtig bemerkten: Wir können die armen Teufel nicht jahrelang in dieser Höhle einsperren.«

»In Ordnung. Sobald die Amis hier sind, rüsten wir sie mit Werkzeug aus und lassen sie das Dorf errichten.«

»Nun, da das geklärt ist, möchte ich darum bitten, zum Krankenhaus gehen zu dürfen«, sagte ich mit Blick auf den Generalleutnant.

Als der Oberst mich fragend musterte, sagte Hörster erklärend: »Das ist Generalmajor Pio Filippani-Ronconi, Sie haben sicher schon von ihm gehört. Er hat unseren Einsatz bei Kwajalein begleitet, um Erfahrungen mit der Taktik von Raumlandetruppen zu sammeln.«

Von Finkenstein setzte ein Lächeln auf und meinte zu mir: »Selbstverständlich habe ich von Ihnen gehört. Sie also sind der Mann, der Stalin und Churchill gefangen nahm.«

»Fast richtig!«, entgegnete ich breit grinsend. »Ich hatte die eher unbedeutende Hilfe meines Regiments, und ein gewisser Major Rohwedder griff mit einer Kreuzerflotte in Russland ein, weil er etwas von dem Ruhm abhaben wollte.«

»Ach so ist das«, meinte der Oberst, nur mühsam ein Lachen unterdrückend. »Und ich nehme an, dieser Major Rohwedder ist der Grund, warum Sie das Krankenhaus aufsuchen möchten.«

»So ist es!«

»Dann mal los«, mischte sich Hörster ein. »Ich werde Sie begleiten.«

»Und ich kümmere mich darum, die entsprechenden Befehle zu geben, damit hier nicht das blanke Chaos ausbricht, wenn die nächste Fuhre Gefangene eintrifft.«

*

Im Krankenhaus erfuhren wir von den behandelnden Ärzten, dass Major Rohwedder dem Tod gerade noch einmal von der Schippe gesprungen war. Man hatte die inneren Blutungen mit Hilfe neuartiger biotechnologischer Verfahren gestoppt, doch die Hypovolämie hatte zu einem lebensgefährlichen Schockzustand geführt. Zurzeit wurde der immer noch bewusstlose Rohwedder mit Spenderblut versorgt.

Der Chefarzt erklärte uns, dass er unmöglich voraussagen konnte, ob Rohwedder durchkommen würde, und wenn ja, wie lange es dauern würde, bis er wieder zu Bewusstsein kam.

Hörster und ich gaben an, etwas essen zu gehen und baten darum, sofort benachrichtigt zu werden, falls sich am Zustand des Majors etwas änderte.

Wir verließen das Krankenhaus und spazierten zu einem grauen Flachbau, über dessen Eingang provisorisch das Wort »Kantine« gepinselt worden war. Ich öffnete die Glastüre und wollte den Generalleutnant gerade passieren lassen, als das Funktelefon Hörsters klingelte.

»Hallo? … Was? … Das ist ja … Wir kommen sofort! … Nein, ich bestehe darauf.« Nach dem letzten Wort klappte er das Funktelefon zusammen, womit er die Verbindung unterbrach.«

»Manchmal glaube ich, die Ärzte haben keinen blassen Schimmer von dem, was sie tun«, eröffnete mir der Generalleutnant. »Vor ein paar Minuten noch konnte der Chefarzt nicht sagen, ob Rohwedder je wieder aufwacht, und jetzt ist der Major bei vollem Bewusstsein und flirtet wahrscheinlich bereits mit den Krankenschwestern. Los! Wir gehen hin.«

Da brauchte mich der Kommandeur der Brigade nicht lange zu überreden. Drei Minuten später standen wir vor dem Krankenzimmer Rohwedders, wo uns der Chefarzt bereits erwartet. Er hielt einen Schnellhefter in der Hand und blickte uns ernst über den Rand seiner Lesebrille an.

Mit der ganzen Autorität des Mediziners sagte er: »Wir müssen den Zustand des Majors zunächst analysieren, um ausschließen zu können, dass es zu einem Rückfall kommt. Deshalb muss ich Sie bitten, zu gehen.«

»Bitte abgelehnt!«, entgegnete Hörster und dokumentierte damit, dass seine Auffassung bezüglich medizinischer Autorität mit der des Chefarztes nicht vereinbar war. Ohne weiteren Kommentar schob er den einsneunzig großen und sehr dürren Leiter des Militärkrankenhauses zur Seite und betrat das Zimmer. Ich zuckte nur mit den Schultern und schritt ebenfalls an dem heftig protestierenden Arzt vorbei. Unaufhörlich schimpfend folgte er mir.

Rohwedder befand sich in einem transparenten Genesungstank, der randvoll mit einer violett schimmernden Flüssigkeit gefüllt war, die sehr hoch mit Sauerstoff angereichert war. Diese Technologie war stark mit der Flüssigkeitsatmung zum Tauchen in extremen Tiefen verwandt, wie sie von Rohwedders Bataillon bei der Erstürmung des Werkes auf Kallisto verwendet wurde.

Rohwedder trug lediglich einen Lendenschurz, um seine Blöße zu verbergen. Er nahm einen tiefen Atemzug der violetten Heilflüssigkeit, als er uns eintreten sah. Wahrscheinlich war ihm sein Zustand peinlich vor uns.

An Dutzenden Körperstellen waren Messsonden befestigt, deren Kabel hinter seinem Rücken zu einem Strang zusammengefasst wurden. Der Kabelstrang wurde nach oben aus dem Tank geführt und reichte an Halterungen unter der Decke befestigt bis an die uns gegenüberliegend Wand, die aus einer Reihe von Monitoren, Anzeigen, Schaltern, Lämpchen und Knöpfen bestand.

Der Chefarzt beachtete seinen Patienten kaum, und begab sich sofort zu den Monitoren.

Wir traten näher an den Genesungstank heran. Quer über den Bauch, den rechten Oberschenkel und beiden Unterschenkeln erkannte ich rot unterlaufene, frische Operationsnarben.

»Unglaublich!«, hörte ich den Chefarzt murmeln während er Zahlenwerte und Graphiken auf den Bildschirmen abrief. »Sämtliche Organfunktionen haben sich innerhalb der letzten halben Stunde vollkommen stabilisiert. So was habe ich noch nicht erlebt.«

»Wie geht es Ihnen, Major«, fragte ich, wohl wissend, dass Rohwedder meine Worte dumpf hören konnte.

Seine Antwort klang seltsam hohl und verzerrt. Die Laute wurden von einem Tonabnehmer am Kehlkopf erzeugt. »Nun ja, ich verspüre keine Schmerzen, aber ansonsten komme ich mir vor wie ein Goldfisch im Aquarium.«

»Wie es aussieht, brauchen Sie nicht mehr lange da drin zu bleiben. Ich hörte den Chefarzt soeben eine entsprechende Bemerkung machen.«

Durch meine Worte aufmerksam geworden, wandte sich der Mediziner uns zu. »Ihre Genesung verläuft erheblich schneller und auch nachhaltiger, als wir gehofft hatten, Major Rohwedder. Sie sprechen ausgezeichnet auf das Protoplast an.«

»Was ist Protoplast?«, fragte ich nach.

»Eine auf Basis der Biotechnologie der Vegalier hergestellte Paste, die Heilungsvorgänge um den Faktor tausend beschleunigen kann.«

»Ach, ja, kenne ich. Damit hat man einen Oberschenkeldurchschuss bei mir behandelt.«

Der Chefart lächelte breit. »Schön für Sie!« Dann wandte er sich wieder dem Major zu. »Wir haben Ihre Knochenbrüche im linken Oberschenkel und beiden Unterschenkeln sowie einen Riss in Ihrer Milz damit behandelt. Zusätzlich haben wir Ihren Blutverlust, der bei den meisten Menschen tödlich gewesen wäre, durch eine Transfusion kompensiert.«

»Und? Wie lange muss ich noch im Aquarium bleiben?«

»Falls nicht doch noch Komplikationen auftreten, werden Sie in zwölf Stunden entlassen.«

»Wie geht es meinen Soldaten, die mir an Bord der K-44 gefolgt sind? Und was ist mit der amerikanischen Besatzung?«

»Keine Toten, aber fast alle ähnlich schwer verletzt wie Sie. Lediglich ein gewisser Feldwebel Wolf kam mit einem glatten Bruch seines Wadenbeins davon. Der läuft schon wieder durch die Gegend und terrorisiert die Krankenschwestern.«

Rohwedder wandte sich vom Chefarzt ab und fragte den Generalleutnant: »Gehe ich recht in der Annahme, dass unsere Operation auf Kallisto erfolgreich war?«

»Ja, das Werk befindet sich in unserer Hand. Und House musste mit einem stark beschädigten Kreuzer seinen Anflug auf die Erde abbrechen. Er ist nun wohl auf dem Weg zum Titan – dem letzten verblieben Stützpunkt des CFR.«

»Meine Herren! Ich muss Sie nun wirklich eindringlich auffordern, das Gespräch zu beenden. Der Patient braucht Ruhe!«, warf der Mediziner ein.

»Eins noch!«, sagte Rohwedder. »Warum sind Sie eigentlich hier, Herr General?«

»Ich war eingeladen, die Befreiungsaktion auf Kwajalein als Beobachter zu begleiten. Mein Auftrag ist es, eine 5. Raumlandebrigade aufzubauen, nachdem ich mich mit der Technologie und den Taktiken vertraut gemacht habe. Abgesehen davon, dass ich der Meinung bin, Ihnen noch etwas dafür schuldig zu sein, dass Sie mein Regiment in Russland rausgehauen haben, halte ich Sie für einen einigermaßen passablen Soldaten.« Ich unterbrach mich kurz, um dem Major mein breitestes Grinsen zu zeigen. »Eine Brigade wird natürlich nicht aus dem Nichts aufgebaut. Dazu braucht man natürlich schon ein paar Soldaten, die bereits entsprechende Erfahrungen gesammelt haben. Aus diesem Grunde habe ich durchgesetzt, dass Sie – und jetzt kommt die gute Nachricht – zum Oberst befördert werden – und – das ist die schlechte Nachricht – in Zukunft ein Regiment der 5. Brigade befehligen werden. Das bedeutet, ich bin Ihr neuer Chef.«

»Ach du meine Güte!«, steuerte Hörster bei. »Der eine Verrückte befehligt die Brigade, der andere Verrückte eines ihrer Regimenter. Da können sich die Vegalier aber warm anziehen.«

Kapitel 5:
Der geheime Frieden

Auszug aus den im Mai 1954 veröffentlichten Tagebüchern von Kaiser Friedrich IV., Unitall Verlag, Neumünchen, Mars.

Sonntag, 2. April 1950

Heute vor einem Jahr war der als Säbelrasseln geplante kalte Krieg zum Ankurbeln der weltweiten Rüstungsproduktion zum heißen Krieg eskaliert. Verantwortlich dafür war der CFR gewesen, der durch diese Eskalation den Nordischen Bund vernichten und damit seinem »Partner«, der Kastrup, die Grundlage entziehen wollte. Diese Entwicklung hatte der offiziell als verschollen geltende Generalfeldmarschall von Lindenheim noch kurz vor seinem Tod als schlimmsten Verrat an der Menschheit bezeichnet. Die Zusammenarbeit der Kastrup mit dem CFR war laut seinen eigenen Worten die größte Naivität seines Lebens.

Ich empfand es als äußerst passend, dass ich zum Jahrestag des Ausbruchs der Kampfhandlungen eine sowjetische Delegation empfing, um mit ihr über die bedingungslose Kapitulation des kommunistischen Riesenreichs zu verhandeln.

Ich erwartete Sowjetmarschall Tschernikow in einem Landhaus zwanzig Kilometer außerhalb von Warschau. Die Stadt selbst war bei den Kämpfen im Spätsommer des vergangenen Jahres praktisch dem Erdboden gleichgemacht worden. Hunderte von Baukränen dominierten das Stadtbild, um das kulturelle Zentrum der Reichsprovinz Polen schöner als je zuvor wiederauferstehen zu lassen.

Eine Horten T1 in Begleitung einer ganzen Jägerstaffel hatte Tschernikow und seine Minister in der Nähe des fünfzig Kilometer östlich von Stalingrad gelegenen Städtchens Leninsk abgeholt und nach Warschau geflogen. Auf dem einigermaßen wiederhergestellten Flughafen der zerstörten Stadt waren die Sowjets von einem Bataillon der »Hohenzollern« empfangen worden. Ihr Kommandant, Major von Liebig, hatte mir vor einer halben Stunde gemeldet, dass sich die Mannschaftswagen des Bataillons und die Staatskarossen für die Sowjets auf den Weg zu mir gemacht hatten.

Ich begab mich zu einem der hohen Fenster des Saales, den ich schon häufig für Empfänge in der Nähe der Provinzhauptstadt benutzt hatte. Unter mir erstreckte sich der gepflegte Garten, durch den die asphaltierte Zufahrt des Anwesens führte. Sie mündete in einen runden Platz mit einem Springbrunnen in der Mitte.

Der Garten wurde durch eine zwei Meter hohe Mauer begrenzt, die durch ein schmiedeeisernes Tor unterbrochen wurde. Unmittelbar davor standen vier Soldaten der »Hohenzollern« und hielten Wache.

Im Hintergrund lagen vereinzelte Gehöfte und kleine Dörfer, die sich bis zu den Vorstädten Warschaus erstreckten. Am Horizont konnte ich die Baukräne schemenhaft erkennen.

So stand ich am Fenster und dachte darüber nach, ob der Wiederaufbau der Großstadt überhaupt einen Sinn machte. Würden wir die Vegalier daran hindern können, Warschau und die anderen Städte des Reiches dem Erdboden gleichzumachen? In dreieinhalb Jahren würde ich die Antwort auf diese Frage bekommen. Immerhin waren wir dabei, alles in unserer

Macht Stehende zu tun, um den Eroberern einen heißen Empfang zu bereiten.

Ein Teil des gemeinsam mit von Dankenfels, dem französischen König und den Reichsmarschällen entwickelten Planes war das, was ich in den kommenden Stunden mit den Sowjets verhandeln würde. Ich freute mich schon jetzt auf die Verblüffung, die meine Vorschläge sicherlich bei ihnen auslösen würden.

Wenige Minuten später erreichte die Kolonne mit der Delegation und dem begleitenden Bataillon meiner persönlichen Leibwache das geschmiedete Tor. Die vier Wachen öffneten es. Zuerst fuhren vier Hohenzollern auf Eskorte-Motorrädern in die Einfahrt. Die Maschinen waren ebenso schwarz wie ihre Helme und die im Fahrtwind flatternden langen Ledermäntel. Es folgten zwanzig ebenfalls schwarze BMW- und Mercedes-PKW mit meinen »Gästen«. Den Abschluss bildeten weitere zwanzig Mannschaftswagen, die das Hohenzollern-Bataillon transportierten.

Ein Zug meiner Leibwache bildete ein Spalier zu beiden Seiten der Zufahrt. Wie ihre Kameraden auf den Motorrädern trugen sie schwarze Helme und Ledermäntel, die bis zu den Waden reichten.

Die Sowjets verließen die Luxuskarossen. Tschernikow, den ich bislang nur auf Fotos gesehen hatte, erkannte ich sofort an seiner stark untersetzten Gestalt und seinem rundlichen Gesicht.

Ich wandte mich vom Fenster ab und meinen Freunden zu, die an dem zehn Meter langen Eichentisch saßen, dem zentralen Element des Saales. Mit einem kurzen Nicken bestätigte ich, was die Motorengeräusche längst verraten hatten: die Ankunft der Sowjets. Die Anwesenden erhoben sich, um zusammen mit mir die Delegation zu begrüßen. Es gehörte sich zu stehen, wenn sie im Saal eintrafen. Die Ehre, ihnen entgegen zu gehen, wollte ich den Kommunisten allerdings nicht zuteil werden lassen.

Einen der Männer, die sich erhoben, hatte ich erst vor wenigen Tagen persönlich kennen gelernt. Es handelte sich um Boris Illjanow, den Kopf der russischen Widerstandsbewegung gegen die Kommunisten. Er war relativ klein, hatte einen quadratischen Schädel und eine Knollennase. Kurz gesagt, er wirkte alles andere als aristokratisch. Wie sich in stundenlangen Diskussionen mit ihm gezeigt hatte, war er ein Paradebeispiel dafür, wie man durch das Äußere eines Menschen getäuscht werden konnte. So stark wie bei ihm hatte ich dies bei noch keinem anderen empfunden. Boris war hochintelligent und bis in die letzten Winkel seiner Seele rechtschaffen. Er würde niemals etwas tun, nur um seine persönliche Karriere zu fördern. Alles, was er tat, machte er aus Überzeugung. Er war das Gegenteil eines taktierenden Politikers. Was er dachte, sagte er frei heraus, unabhängig davon, ob dies seinem Gegenüber gefiel oder nicht.

Da ich die Erbfolge vor einigen Jahren abgeschafft hatte, galt Aristokratie im Nordischen Bund nicht länger als ein Privileg der Geburt, sondern als eine Auszeichnung, die man sich durch Charakter und Taten erarbeiten oder erkämpfen musste. In diesem Sinne war Illjanow zweifellos Aristokrat – und zwar einer, der den höchsten Ansprüchen an diese Elite standhielt. Aus diesem Grunde hatte ich mich entschlossen, ihn zum Zaren Russlands zu krönen. Davon wusste er allerdings noch nichts. Ich freute mich auf den Moment, ihm dies mitzuteilen.

Doch ich schweife ab. Illjanow war zunächst einmal hier, um die Früchte seines jahrelangen Kampfes gegen das sozialistische Unrechtsregime zu ernten – und natürlich um mich zu beraten. Um ihn dazu in die Lage zu versetzen, hatte ich ihn über die wahren Hintergründe des Krieges aufgeklärt. Ich hatte ihm Filmmaterial aus den Computern der Vegalier vorgeführt und über unsere Fortschritte in der Reproduktion der V-Technologie berichtet. Boris hatte ein paar Tage gebraucht, um zu verdauen, dass das Russland der Freiheit und Gerechtigkeit, zu dessen Aufbau er beitragen wollte, in wenigen Jahren bereits wieder durch einen grausamen, überlegenen Feind in seinen Grundfesten bedroht werden würde. Nachdem er seinen Schock überwunden hatte, hatte er sofort damit begonnen, Pläne zu schmieden, wie »Mütterchen Russland« bestmöglich auf die Ankunft der Invasoren vorbereitet werden konnte. Entsprechend begeistert nahm er meine Vorschläge auf, wie unsere Forderungen an die Sowjets aussehen sollten.

Ich hörte, wie das Eingangsportal meines Landhauses geöffnet wurde. Anschließend vernahm ich die Schritte der Delegation und ihrer Begleitung auf der marmornen Treppe, die hinauf zum Empfangssaal führte. Die beiden Flügel der eichenen Türe wurden geöffnet. Zwei Soldaten der Hohenzollern traten ein und salutierten. Der Ranghöhere erstattete Meldung: »Sowjetmarschall Tschernikow und Begleitung eingetroffen! Keine besonderen Vorkommnisse bei der Anreise.«

»Sollen eintreten!«, gab ich zurück.

Tschernikow schritt seiner Delegation voran. Er versuchte seinen Zügen einen freundlichen Ausdruck zu verleihen und seinen massigen Körper so würdevoll zu bewegen, wie es ihm möglich war. Sein Blick schweifte in die Runde. Mir schenkte er ein Lächeln, in dem ich eine gehörige Portion Unsicherheit entdeckte. Doch als er Boris Illjanow erblickte, verfinsterte sich seine Miene augenblicklich. Die Anwesenheit des Widerstandskämpfers, dessen die Sowjets seit Jahren habhaft werden wollten, schien das schauspielerische Talent Tschernikows zu erschöpfen. Ich konnte ein Lächeln nicht unterdrücken bei dem Gedanken an Tschernikows hypothetische Reaktion, hätte er gewusst, dass er den zukünftigen Zaren vor sich hatte – der allerdings selbst noch nichts von seinem »Glück« ahnte.

Der Sowjetmarschall wandte sich wieder mir zu und versuchte, seinen freundlichen Gesichtsausdruck wiederzugewinnen. Er schlug die Hacken zusammen und grüßte, indem er seine Rechte an die Schirmmütze legte. Die Genossen in seinem Rücken taten es ihm gleich.

Ich gab den Gruß lässig zurück und forderte die Ankömmlinge auf, Platz zu nehmen. Vom Eingang aus gesehen setzten sich meine Militärs, Verbündeten und ich auf der linken Seite an dem langen Eichentisch, die Sowjets auf der rechten. Die Sitzordnung sah vor, dass Tschernikow und ich in der Mitte saßen, rechts von mir König Karl von Frankreich, links Boris Illjanow.

Geduldig warteten die Gäste, bis ich das Wort ergriff. Damit ließ ich mir aus psychologischen Gründen Zeit. Mein Blick wanderte über die Gesichter der Militärs und Funktionäre auf der anderen Seite des Tisches. Die Sorge in ihren Mienen, dem Sieger auf Gedeih und Verderb ausgeliefert zu sein, war unverkennbar.

»Wie Sie sich denken können, verlange ich von Ihnen die bedingungslose Kapitulation der Union der Sozialistischen Sowjet-Republiken«, begann ich, wobei ich direkten Augenkontakt mit Tschernikow hielt, bis dieser den Blick senkte. »Im Gegenzug werde ich Ihrer Bitte um Waffenstillstand nachkommen – zumindest inoffiziell.«

Der Kopf des Sowjetmarschalls ruckte hoch. Seine Züge drückten verständlicherweise Unverständnis aus. Bevor er etwas sagen konnte, fuhr ich fort: »Die Sowjetunion wird aufgelöst. Für die Öffentlichkeit bleibt sie jedoch östlich des Ural bestehen.« Die Verwirrung in den Gesichtern der sowjetischen Delegation wurde durch meine Worte nicht geschmälert.

»Sie, Marschall Tschernikow, unterstehen ab sofort meinem Befehl. Außer mir sind noch König Karl von Frankreich, der leider nicht anwesende Generalfeldmarschall von Dankenfels und mein Freund Boris Illjanow weisungsbefugt.«

Mein Gegenüber wirkte, als habe er auf eine Zitrone gebissen, fing sich aber erstaunlich schnell.

»Zunächst einmal werden Sie der Roten Armee befehlen, sich hinter den Ural zurückzuziehen. Von dort aus werden Sie – zumindest offiziell – den Kampf gegen den Nordischen

Bund weiterführen. Die dazu notwenigen Truppenbewegungen werden Sie nach den Vorgaben der zuvor genannten Personen ausführen. Dabei wird es mit den immer wieder hinter den Ural vorrückenden Nordischen Truppen zu keinem Feindkontakt kommen, es wird lediglich ein Schauspiel für die Öffentlichkeit dargeboten. Man soll denken, der Krieg im Osten gehe weiter.«

Ich legte eine kleine Pause ein, die Tschernikow nutzte, das Wort zu ergreifen. »Bei allem Respekt, Majestät, bitte erklären Sie mir, was dieses Theater soll.«

»Bitte wählen Sie Ihre engsten Vertrauten aus, und folgen Sie mir in einen Nebenraum.«

Bezeichnenderweise wählte der Sowjetmarschall drei Militärs aus und keinen einzigen der politischen Funktionäre. Ich bedeutete Karl und Boris, mir zu folgen.

Durch eine Tür in der Stirnwand gelangten wir in einen Vorraum. Dort hielten zwei Soldaten der Hohenzollern Wache vor einer Stahltüre. Ich öffnete sie und trat ein. Die Sowjets und meine Freunde folgten. Es handelte sich um das Kommunikationszentrum meines polnischen Landsitzes. Mehrere der ultraflachen Bildschirme hingen an den Wänden. Davor standen Pulte mit Tastaturen, Druckern und diversen Eingabegeräten. Wenn schon meine Ansprache Verwirrung bei den Sowjets ausgelöst hatte, so war die Verblüffung Tschernikows und seiner Begleiter nun perfekt. Etwas Ähnliches wie diese Farbbildschirme, deren Auflösungsvermögen den Eindruck vermittelte, man würde durch ein Fenster schauen, hatten sie noch niemals zuvor gesehen.

Mit wohlgesetzten Worten klärte ich den Sowjetmarschall und seine Vertrauten über die Herkunft dieser futuristisch anmutenden Technologie auf. Ich erwähnte den Stützpunkt der Außerirdischen im Sudan, die Computer und Rochenschiffe, die wir dort vorgefunden hatten und dass es uns wegen der hervorragenden Dokumentation des Wissens der Vegalier, die wir in den Rechenmaschinen vorgefunden hatten, gelungen war, zumindest einen Teil der V-Technologie zu reproduzieren. Ich berichtete über die bevorstehende Invasion der Außerirdischen und über die Werke, die wir zum Schutz der Menschheit überall im Sonnensystem errichtet hatten.

Meine Erläuterungen untermalte ich mit Filmsequenzen, die ich auf einem der Bildschirme abrief. Sie zeigten die Kreuzer, das Innere von Werken und natürlich auch die Vegalier selbst, die nach menschlichem Empfinden furchtbar und höchst gefährlich wirkten – ein Eindruck, der wohl auch äußerst berechtigt war.

Zum Abschluss bekräftigte ich meine feste Absicht, den Invasoren ernsthaften Widerstand entgegenzusetzen. Dazu war es allerdings erforderlich, dass die Industriekapazität des Planeten voll ausgeschöpft wurde. Wir konnten die Öffentlichkeit nicht einfach über die Vegalier informieren, was eher zu blankem Chaos als zu einer Steigerung der Produktivität geführt hätte. Was also war in unserer Situation effektiver, als die Menschen in dem Glauben zu halten, der Zweite Weltkrieg würde andauern? Je länger ich über die Zusammenhänge redete, umso mehr Verständnis für die Lage erwachte in Tschernikow und seinen Begleitern.

Ich mochte diesen korpulenten Sowjet nicht. Meiner Meinung nach war er ein undisziplinierter Säufer und ekelhafter Karrierist. Doch immerhin schien Tschernikow erkannt zu haben, dass es hier um viel mehr ging, als um sein oder mein persönliches Wohlergehen oder um einen Kampf irgendwelcher Ideologien.

Nachdem ich geendet hatte, stellte mir der Marschall noch ein paar Fragen, die mir eindeutig bewiesen, dass er verstanden hatte und bereit war, mein Spiel mitzuspielen. Erleichternd kam natürlich hinzu, dass ihm meine Forderung nach einer offiziellen Fortsetzung des Krieges gestattete, zumindest offiziell weiterhin seine diktatorische Macht auszuüben.

Nachdem mir Tschernikow explizit sein Einverständnis erklärt hatte, fragte er: »Und was wird aus Stalin?«

»Der sitzt im Gefängnis innerhalb eines geheimen Kastrup-Stützpunktes auf Island und wartet auf seinen Prozess.«

»Prozess?«, hakte der Sowjet nach.

»Nun – Stalin hat durch seine Säuberungen Millionen Menschen in der Sowjetunion ermorden lassen. Heute vor einem Jahr hat er zusammen mit Churchill und Truman einen Angriffskrieg gegen den Nordischen Bund vom Zaun gebrochen, bei dem Hunderttausende Deutsche und Millionen Russen getötet wurden. Für diese Verbrechen wird er zusammen mit seinen Komplizen selbstverständlich zur Rechenschaft gezogen.«

Tschernikow wurde blass. »Und was ist mit mir? Schließlich könnten Sie mir vorwerfen, Stalin unterstützt zu haben.«

»Selbstverständlich könnte ich das. Falls Sie jedoch meinen Befehlen gehorchen, mir keine Schwierigkeiten machen und somit meine Vorbereitungen zum Kampf gegen die Invasoren unterstützen, so bin ich bereit, Ihnen und Ihren Helfern Amnestie zu gewähren.«

»Und was wird aus uns, wenn die Vegalier eintreffen?«

»Sibirien ist groß. Dort haben Sie genug Möglichkeiten, sich zu verstecken und die Rote Armee in einen Partisanenkampf gegen die Außerirdischen zu führen.«

Der Sowjetmarschall nickte nur. Ich wusste, dass ihm die Forderung oder Bitte durch den Kopf ging, mich um einen Platz in einem der Refugien zu bitten. Doch offensichtlich hatte er die Aussichtslosigkeit einer solchen Bitte erkannt.

In der folgenden halben Stunde teilte ich Tschernikow die Details meiner Anweisungen mit. Anschließend gingen wir zurück in den Saal. Ich verkündete, dass die Friedensgespräche ergebnislos abgebrochen worden seien, und verabschiedete anschließend die sowjetische Delegation, die zurück zum Flughafen Warschau und von dort nach Leninsk gebracht werden würde.

»Sind Sie sicher, dass sich Tschernikow an die Abmachungen halten wird?«, fragte Illjanow, nachdem alle außer Karl den Empfangssaal verlassen hatten.

»Absolut! Er wird sein Hauptquartier von Leninsk irgendwo hinter den Ural verschieben und den Resten der Roten Armee den Rückzugsbefehl geben. Der Krieg im Osten dauert also an, weshalb mir niemand widersprechen wird, wenn ich die Rüstungsproduktion innerhalb des Nordischen Bundes auf dem aktuellen Niveau halte. Der Großteil dieser Produktion wird uns dann im Kampf gegen die Vegalier zur Verfügung stehen.«

»Meinen Sie wirklich, die Produktion herkömmlicher Waffen würde uns im Kampf gegen die Invasoren nützen?«

»Nun – erstens fließt ein Großteil der Produktion in den weiteren Ausbau der Refugien, zweitens werden in den kommenden Monaten ‚bahnbrechende Erfindungen' gemacht, sodass wir nach und nach auf V-Technologie basierende Waffensysteme überall im Nordischen Bund herstellen werden, und drittens plane ich den Ausbau des Nordischen Bundes zu einer Festung, an der sich die Vegalier hoffentlich die Zähne ausbeißen werden. Um dies zu erreichen, plane ich ein noch viel größeres Täuschungsmanöver – diesmal jedoch unter Einbeziehung der Amerikaner. Dazu habe ich in« – ich blickte kurz auf die reich verzierte goldene Standuhr – »vierzig Minuten ein Telefongespräch mit Präsident Truman. Wenn Sie wollen, können Sie gerne daran teilnehmen.« An den französischen König gewandt fügte ich hinzu: »Du natürlich auch, Karl.«

*

Ich hatte die Wartezeit genutzt, um meinen beiden Verbündeten meine Forderungen an den amerikanischen Präsidenten dazulegen. Wir saßen wieder im Kommunikationszentrum und warteten auf das Verstreichen der letzten Minuten. Als es soweit war, tippte ich mit dem Zeigefinger auf den berührungsempfindlichen Bildschirm vor mir. Daraufhin baute der Rechner die Telefonverbindung nach Washington auf.

Wir hörten es nur zweimal klingeln, dann kam die Stimme einer Telefonistin des Weißen Hauses aus den Lautsprechern. Sie erklärte kurz und sehr freundlich, dass der Präsident bereits auf meinen Anruf wartete und dass sie mich unverzüglich weiterverbinden würde.

Es knackte kurz in der Leitung, dann hatten wir den Präsidenten am Apparat.

»Seien Sie gegrüßt, Majestät«, sagte Truman auf Deutsch. »Ich hoffe, es geht Ihnen gut?«

Diese amerikanische Freundlichkeit empfand ich als ziemlich unangemessen. Schließlich befanden wir uns im Krieg. Aus diesem Grunde ging ich auf die Floskel überhaupt nicht ein.

»Ich habe um dieses Gespräch gebeten, um Ihnen die Aufnahme von Friedensgesprächen anzubieten.«

»Sie wollen kapitulieren?«, entgegnete Truman voller Sarkasmus. »So schlecht sieht die militärische Lage des Nordischen Bundes doch nun auch wieder nicht aus.«

»Lassen Sie die Scherze, Präsident. Der Krieg ist vorbei. Die britische Hauptinsel wurde von uns erobert, die Invasion Irlands wird in wenigen Tagen abgeschlossen sein. Wir haben in Liverpool sechshunderttausend Gefangene gemacht – sie haben also keine Truppen mehr, die uns aufhalten könnten. Im Osten liegt das Sowjetreich am Boden. Ich habe vor einer Stunde Sowjetmarschall Tschernikow empfangen, der die bedingungslose Kapitulation akzeptiert hat. Die Rote Armee könnte meine Truppen noch nicht einmal auf konventionellem Wege aufhalten, und seit wir wieder über Atomwaffen verfügen, ist die Lage für die Kommunisten vollends aussichtslos geworden. Der Sowjetmarschall hatte also keine andere Wahl, als meine Forderungen zu akzeptieren.«

Ich legte eine kurze Pause ein, um meine Worte wirken zu lassen. Dann kam ich auf die strategische Lage der Vereinigten Staaten zu sprechen. »Selbstverständlich werde ich keine Invasion der USA befehlen – auch wenn wir dazu in wenigen Monaten in der Lage wären. Doch warum sollte ich die damit einhergehenden Verluste in Kauf nehmen? Eine Invasion ist aus zwei Gründen überhaupt nicht mehr notwendig: Erstens verfügen wir über Atomwaffen, die ich nicht einzusetzen zögern werde, falls Sie nicht auf meine Forderungen eingehen. Zweitens hat der CFR auf Kallisto eine weitere und entscheidende Niederlage hinnehmen müssen. Wir können nun über die Rohstoffvorkommen des Mondes frei verfügen. Des Weiteren ist der CFR nicht länger in der Lage, uns daran zu hindern, mit der Raumflotte in das Geschehen auf der Erde einzugreifen.

Sie sehen, Präsident, wir sind durchaus in der Lage, Ihr Land in Schutt und Asche zu legen, falls Sie nicht bereit sind, diesen sinnlosen Krieg nach meinen Bedingungen zu beenden.

Ich schlage ein persönliches Treffen vor, um die Details zu besprechen.«

Truman ließ sich mehrere Sekunden Zeit, bevor er antwortete. Wahrscheinlich deckte er den Hörer mit der Hand ab und beriet sich mit seinen Vertrauten. »Wo soll das Treffen stattfinden?«

»Auf Island.«

»Kommt nicht in Frage. Das ist Ihr Hoheitsgebiet.«

»Na und? Sorgen Sie sich, ich würde Sie festnehmen lassen?«

»Eine solche Überlegung ist schließlich nicht abwegig. Churchill und Stalin sitzen schließlich auch in irgendwelchen Gefängnissen des Nordischen Bundes.«

»Die beiden Kriegsverbrecher werden ihre gerechte Strafe erhalten. Doch es gibt etwas, was Sie, Herr Präsident, von den ehemaligen britischen und sowjetischen Regierungschefs unterscheidet.«

»Und das wäre?«

»Die beiden wurden von Spezialeinheiten der Kastrup im Zuge der Kriegshandlungen gefangenen genommen. Sie reisen jedoch zu einem offiziellen Treffen mit mir nach Island.

Glauben Sie wirklich, ich würde meinen guten Ruf ruinieren, indem ich Sie entgegen jeglichem internationalen Recht während einer diplomatischen Mission gefangen nehmen lasse?«

»Mir wäre ein neutraler Treffpunkt deutlich angenehmer…«

»Nun hören Sie schon mit diesem Unsinn auf«, fiel ich ihm ins Wort und bluffte dann ein wenig: »Fünfzig Kilometer über dem Weißen Haus schwebt einer meiner Raumkreuzer. Wenn Sie sich weiter so starrsinnig verhalten, befehle ich dem Kommandanten, eine Fusionsgranate mitten ins Oval Office zu feuern. Dann werde ich mit Ihrem Nachfolger weiterverhandeln.«

Erneut ließ sich der Präsident mehrere Sekunden Zeit, bevor er entgegnete: »Also gut. Wann soll das Treffen auf Island stattfinden?«

»Am kommenden Freitag um 14:00 Uhr Lokalzeit. Ich möchte Sie höflichst bitten« – ich gab mir keine Mühe, die Ironie zu verbergen –, »sich am Vormittag mit Ihrer Delegation auf unserem Luftwaffenstützpunkt Midgard einzufinden. Insgesamt sollten auf jeder Seite nicht mehr als vierzig Personen teilnehmen. Bringen Sie aber niemanden mit, der über die Vegalier nicht Bescheid weiß. Ich möchte offen sprechen können.«

*

Freitag, 7. April 1950

Die T1 war nicht nur eine fliegende Kommandozentrale, sie war auch sehr bequem und geschmackvoll eingerichtet. Die sechs überschweren Jumo-Triebwerke waren kaum im Innern zu hören.

Unmittelbar an die Pilotenkanzel grenzte die Ortungszentrale. Fünf Soldaten verrichteten dort ihren Dienst. Sie überwachten den Luftraum in einem Radius von fünfhundert Kilometern.

Dahinter befand sich der Bereich für die Passagiere. Eine Bar aus Mahagoniholz zierte die Stirnwand. Zwei Damen in den zurzeit modischen, knielangen, eng geschnittenen Kleidern mischten dort Getränke nach Wahl für die Fluggäste. Alkohol war jedoch tabu; wir waren auf dem Weg zu einer zweiten historischen Verhandlung, nachdem es mir vor fünf Tagen bereits gelungen war, die Sowjets für meine Pläne einzuspannen. Mein Vorhaben die Amerikaner betreffend war jedoch noch weitreichender. Mein Ziel war nicht nur, durch die zumindest offizielle Fortsetzung des Krieges die Rüstungsproduktion auf dem gegenwärtig hohen Niveau zu halten, sondern zusätzlich einen Vorwand zum Ausbau des Nordischen Bundes zu einer Festung zu erzeugen. Dabei würde es den Amerikanern freistehen, ähnliche Maßnahmen in den Vereinigten Staaten zu treffen – umso schwerer würde es den Vegaliern fallen, die Erde zu erobern.

Jeweils vier mit hellblauem Stoff bezogene Sessel waren um einen goldverzierten Mahagonitisch gruppiert worden. Von diesen Sitzgruppen befanden sich zehn im Passagierbereich, alle mit Königen und hohen Beamten des Nordischen Bundes besetzt.

Generalfeldmarschall von Dankenfels, König Karl von Frankreich und Boris Illjanow hatten sich zu mir gesellt. Letzteren hatte ich am Tage zuvor mit den Amtsgeschäften des europäischen Teils Russlands betraut und ihm eröffnet, dass ich ihn auf der nächsten Sitzung des Rats der Könige als meinen Favoriten für das Amt des Zaren vorschlagen würde. Er hatte sich einen Tag Bedenkzeit erbeten. Ich hatte zugestimmt und ihm mitgeteilt, seine Entscheidung auf dem Flug nach Island zu erwarten.

Unsere T1 hatte mittlerweile die Reiseflughöhe von zwanzig Kilometern erreicht. Abgesehen davon, dass kein alliiertes Flugzeug in der Lage war, diese Höhe zu erreichen, flog eine Staffel Horten J1 fünf Kilometer unter uns. Wir waren somit doppelt gesichert gegen mögliche Angreifer, die von Irland oder einem Flugzeugträger hätten gestartet werden können.

Der Generalfeldmarschall und Vizekaiser saß mir direkt gegenüber, Illjanow zu meiner Linken, Karl zur Rechten. Nachdem die beiden bezaubernden Damen unsere Getränke auf dem Mahagonitisch abgestellt hatten, wandte ich mich direkt an den ehemaligen russischen Widerstandskämpfer:

»Haben Sie sich entschieden, Freund? Werden Sie sich für das Amt des Zaren zur Verfügung stellen?«

»Ich kann Ihnen versichern, in der vergangenen Nacht kein Auge zugetan zu haben, Majestät. Die Entscheidung ist für mich deshalb so schwierig, weil ich in den vergangenen Jahren zwar den Widerstand gegen die Kommunisten organisiert habe, aber ein ganzes Reich zu regieren ist etwas ganz anderes. Das nun Folgende soll sich nicht nach falscher Bescheidenheit anhören, aber ich habe ernsthafte Zweifel, ob ich für die Bewältigung dieser Aufgabe geeignet bin.«

»Genau diese Zweifel qualifizieren Sie dazu«, entgegnete ich überzeugt. Nach einer kurzen Pause fügte ich hinzu: »Zur Erledigung der Amtsgeschäfte werde ich Ihnen selbstverständlich ausgezeichnete Berater zur Verfügung stellen, falls es durch die stalinistischen Säuberungen einen Mangel an entsprechendem Personal geben sollte. Bitte bedenken Sie zusätzlich Folgendes: Nach einer dreijährigen Aufbauphase wird Ihre Hauptaufgabe, ebenso wie meine eigene, erneut in der Organisation des Widerstandes liegen – diesmal nicht gegen die Kommunisten, sondern gegen die außerirdischen Invasoren. Dies ist ein weiteres Argument, dass es für Russland keinen besseren Zaren geben könnte als Sie.«

Illjanow entgegnete nichts. Er blickte lediglich nachdenklich in eine imaginäre Ferne.

Karl mischte sich ein: »Ein weiterer wichtiger Punkt ist der, dass es von entscheidender Bedeutung ist, dass sich die Könige des Bundes untereinander blind vertrauen – wir sind es, die es aus Sicht der Vegalier zu schlagen gilt, wir sind das Bollwerk der Menschheit gegen Sklaverei und Auslöschung. Und Sie, mein lieber Illjanow, genießen genau dieses notwendige Vertrauen der Könige.«

»Also gut, ich werde es versuchen«, sagte Boris mit brüchiger Stimme.

Mir fiel ein Stein vom Herzen. Es war von äußerster Wichtigkeit, dass der europäische Teil Russlands politisch stabilisiert werden würde und im asiatischen Teil die Maßnahmen durchgeführt wurden, die uns bei unserem Kampf gegen die Vegalier hilfreich sein würden. Nach Beendigung der sozialistischen Schreckensherrschaft war dazu ein Mann notwendig, dem die Bevölkerung vertraute. Und genau dieser Mann war Illjanow, der als Freiheitskämpfer in seinem Land bereits zur Legende geworden war.

Von Dankenfels erhob sich und reichte dem klein gewachsenen Russen die Hand. »Ich freue mich über Ihre Entscheidung und möchte Ihnen versichern, dass ich Sie nach Kräften unterstützen werde.«

Karl und ich erhoben uns ebenfalls, um unserem Freund zu seiner Entscheidung zu gratulieren.

Im weiteren Verlauf diskutierten wir etliche Details jener Maßnahmen, die ab sofort in Russland ergriffen werden mussten. Wir gaben Boris zahlreiche Hinweise und Ratschläge, die er dankbar zur Kenntnis nahm.

Als der Pilot den Landeanflug auf Midgard ankündigte, prosteten wir einander zu und leerten unsere Gläser, die dann auch sogleich abgeräumt wurden.

Eine halbe Stunde später setzte die Maschine butterweich auf dem Militärflughafen Islands auf, den wir passenderweise, da auf halbem Weg zwischen den Kontinenten gelegen, »Midgard« getauft hatten.

Ein kurzer Blick auf die Uhr zeigte mir, dass wir uns, wie geplant, um eine Stunde verspätet hatten. Es gehörte zum Spiel dazu, die Amerikaner, die in der eindeutig schlechteren Verhandlungsposition waren, ein wenig warten zu lassen.

Während die T1 ausrollte, sah ich auf den Bildschirmen die amerikanische viermotorige Boeing bei den Hangars stehen.

Die vordere und die hintere Luke standen offen, davor hatte man mobile Zugangstreppen positioniert. Das Flugzeug wirkte verlassen. Offensichtlich warteten die Amerikaner bereits im Konferenzraum.

Wir verließen die Horten über die Heckklappe, die durch zwei Türen links und rechts neben der Bar erreicht werden konnte. Draußen erwartete uns ein düsterer Apriltag mit tief hängenden, grauen Wolken, aus denen der Regen wie ein feiner Nebel herab fiel.

Vier Busse standen für uns bereit. Sie brachten uns ins Zentrum der kleinen Stadt aus rot verklinkerten Gebäuden, in denen Verwaltung, Mannschaftsunterkünfte, Kantinen und Besprechungsräume untergebracht waren. Vor dem fünfstöckigen und damit höchsten Bau hielten die Busse an. Ein Trupp Kastrup-Soldaten bildete ein Spalier zum Eingangsportal.

Unsere vierzigköpfige Gruppe stieg aus, betrat den nüchtern eingerichteten Vorraum und folgte einem Schwarzuniformierten, der uns zum Konferenzsaal führte.

Als wir eintraten, erhoben sich die Amerikaner, die an der gegenüberliegenden Seite des dreißig Meter langen Tisches Platz genommen hatten.

Wir gingen um den Tisch herum und begrüßten jeden einzelnen per Handschlag. Präsident Truman zeigte das gleiche unverbindliche Lächeln wie seine Kollegen.

Nach dem obligatorischen Höflichkeitsritual setzten wir uns. Truman fühlte sich sofort berufen, das Wort zu ergreifen: »Habe ich Sie richtig verstanden, dass Sie bereit wären, Nuklearwaffen und sogar die vom CFR gestohlene Raumflotte gegen uns einzusetzen, wenn wir nicht nach Ihrer Pfeife tanzen?« – So viel Offenheit hatte ich Truman nicht zugetraut, den ich für einen verschlagenen Politiker hielt. »Ist es richtig, dass Sie bereit wären, einen millionenfachen Mord zu begehen, um Ihre politischen Ziele durchzusetzen?«

Derart rhetorische Fragen reizten mich ungemein. Deshalb entgegnete ich mit aller Kälte in der Stimme, zu der ich fähig war. »Das haben Sie vollkommen richtig verstanden. Lediglich Ihre Bemerkung über die ‚gestohlene' Raumflotte ist nicht nur falsch, sondern auf wenig erheiternde Weise lächerlich, aber das soll hier und heute nicht unser Thema sein.«

»Nun, in diesem Falle bleibt mir als Präsident der Vereinigten Staaten« – Truman flüsterte seine Worte fast und nahm unzweifelhaft die Rolle des Gutmenschen ein, der sich der Gewalt beugt – »nichts anderes übrig, als das amerikanische Volk vor grenzenlosem Leid zu bewahren und mich Ihren Forderungen zu fügen.«

»Obwohl Ihre Erkenntnis trivial ist, möchte ich Sie dazu beglückwünschen«, konnte ich mir nicht verkneifen einzuwerfen, wofür ich natürlich einen bitterbösen Blick meines Gegenübers erntete. So durchtrieben Truman auch sein mochte, auch er war ein Mensch und hatte seine Emotionen nicht vollkommen unter Kontrolle. Ich erhob mich und ließ meinen Blick über die amerikanische Delegation schweifen.

»Nachdem wir nun die Höflichkeitsfloskeln hinter uns gelassen haben«, begann ich voller Ironie, »sollten wir uns den drängenden Themen zuwenden. Derer gibt es zwei: erstens den von Ihnen geplanten und schließlich entfesselten Kampf um die Vorherrschaft auf unserem Heimatplaneten, bekannt unter dem Begriff ‚Zweiter Weltkrieg'. Diesen Kampf, meine Herren, haben Sie verloren, und es bleibt Ihnen nichts anderes übrig, wie ihr Präsident ganz richtig feststellte, als meine Friedensbedingungen zu akzeptieren.«

Gemurmel brandete unter den Amerikanern auf, verstummte aber sofort wieder, als ich die Stimme erhob.

»Meine Bedingungen sind jedoch vollkommen anderer Art, als Sie dies wahrscheinlich befürchten. Diese Bedingungen hängen direkt mit dem zweiten Thema zusammen, das wir heute zu besprechen haben: der bevorstehenden Invasion der Vegalier.

Ich werde Ihnen, meine Herren, gestatten, die USA weiterhin zu regieren und Ihrem Volk weiterhin vorzugaukeln, es hätte dabei eine Wahl gehabt.« Die letzte Bemerkung hatte ich mir einfach nicht verkneifen können. »Der Zweite Weltkrieg wird offiziell sogar weitergeführt. Inoffiziell jedoch haben Sie sich nach meinen Anweisungen zu richten. Ein ähnliches Angebot unterbreitete ich vor fünf Tagen Sowjetmarschall Tschernikow, der es selbstverständlich mit Freuden angenommen hat.« Ich konnte von der Ironie einfach nicht lassen. »Dieser vorgetäuschte Krieg ermöglicht beiden Seiten die Produktion jener dringend benötigten Komponenten für die Refugien. Ich werde Ihnen Listen und Baupläne der Bauteile zukommen lassen, die Sie zu liefern haben. Sehen Sie diese Abgaben als Entschädigung für die Schäden, die der Nordische Bund durch den von Ihnen begonnenen Krieg erlitten hat. Um diese Lieferungen an uns bewerkstelligen zu können, werden Sie in den kommenden drei Jahren etwa die Hälfte Ihrer Industriekapazität einsetzen müssen.

Zusätzlich erwarte ich von Ihnen, dass Sie in den Zeitungen, im Radio und im Fernsehen darüber berichten, dass die in Sibirien kämpfende Rote Armee massiv mit amerikanischen Waffen unterstützt wird. Entsprechende Fotos und Filmaufnahmen von Panzern und Flugzeugen, die auf Schiffe verladen und in Wladiwostok wieder ausgeladen werden, sind anzufertigen oder gegebenenfalls zu fälschen. Die Bevölkerung glaubt ja schließlich ohnehin alles, was ihr in den Nachrichten aufgetischt wird. Diese Geschichte werde ich ebenfalls im Nordischen Bund verbreiten lassen, damit allgemein geglaubt wird, hinter dem Ural gäbe es immer noch einen ernst zu nehmenden Gegner.«

Ich ließ das Raunen, das meine Worte bei der amerikanischen Delegation erzeugt hatten, zunächst abklingen, bevor ich fortfuhr: »Ich kann Ihren Unmut, ehrlich gesagt, nicht ganz nachvollziehen. Schließlich ändert sich für Sie nicht viel, denn einen ähnlich großen Teil der amerikanischen Industrieproduktion haben Sie bis vor kurzem an den CFR geliefert, und auch die Sowjets haben tatsächlich in der Vergangenheit beträchtliche Waffenlieferungen von Ihnen erhalten. Die dadurch entstandenen Engpässe bei der Versorgung der Bevölkerung haben Sie glaubhaft durch den Kriegszustand erklärt – auch daran wird sich, zumindest offiziell, nichts ändern.«

Truman erhob sich nun ebenfalls. Ich ließ ihn das Wort ergreifen. Er hob beide Handflächen in die Höhe und sagte: »Für uns ändert sich eine ganze Menge. Unsere Lieferungen an den CFR waren Lieferungen an unsere eigene Regierung.« Dass Truman so offen über die wahren Herrschaftsstrukturen sprach, rang mir einen gewissen Respekt ab. »Diese Produktion für den Ausbau der Refugien sollte sicherstellen, dass wir alle« – er blickte in die Runde seiner Kollegen – »einen Platz in den Werken finden, sobald die Vegalier hier auftauchen. Doch nun sollen wir die gleiche Menge Güter an Sie liefern, jedoch ohne die geringste Aussicht auf persönliche Rettung.«

»Tja, so ist das nun mal, wenn man Kriege anzettelt und dann auch noch verliert.«

»Sie sind also nicht bereit, uns als Gegenleistung für unsere Kooperation einen Platz in den Refugien anzubieten?«, hakte Truman nach.

»Das haben Sie ganz richtig erkannt«, gab ich ungerührt zurück. »Ich kann Ihnen jedoch stattdessen eine Alternative aufzeigen, die Sie persönlich möglicherweise dem Zugriff durch die Vegalier entziehen kann.«

»Und die wäre?«

»Bauen Sie stark befestigte, unterirdische Städte für so viele Menschen wie möglich. Das Gleiche werden wir ebenfalls tun. Baubeginn ist in wenigen Wochen.«

»Ein solches Vorhaben ist unmöglich geheim zu halten ...«

»Das ist auch nicht notwendig«, sagte ich lächelnd. »Wir brauchen nur den passenden Vorwand.«

»Und der wäre?«

»Ich werde Ihnen in der kommenden Woche eine Gruppe Nuklearexperten schicken. Sie werden fünf Fusionsbomben von je einer Megatonne Sprengkraft ‚im Gepäck' haben. Diese Bomben werden öffentlichkeitswirksam irgendwo in der amerikanischen Wüste gezündet und als US-Atomtests ausgegeben. Offiziell verfügt dann also nicht nur der Nordische Bund, sondern auch Ihr Land über Nuklearwaffen. Wir werden auf beiden Seiten des Atlantiks die Angst vor einem möglichen Nuklearkrieg schüren. Dementsprechend wird die Bevölkerung den Bau unterirdischer Städte und die Verlegung wichtiger Produktionsanlagen unter die Erde als Schutzmaßnahme gegen den drohenden Atomkrieg verstehen.«

»Und Sie glauben, dass die Vegalier nicht in diese Städte eindringen können?«

»Darüber sind sich unsere Experten uneinig. Klar ist jedenfalls, dass die Chancen für uns steigen, je besser die Städte befestigt und je besser die Eingänge gesichert sind. Kurz vor dem Eintreffen der Invasoren bin ich sogar bereit, Ihnen Magnetfeld-stabilisierte Kanonen und Fusionsgranaten zu liefern.«

»Ich würde mich gerne mit meinen Kollegen besprechen«, sagte Truman mit fester Stimme.

»Sie können sich gerne in den Nebenraum zurückziehen.« Ich deutete auf eine Türe in der Stirnwand.

Die amerikanische Delegation brauchte keine fünf Minuten. Die Türe öffnete sich wieder, und Truman trat ein. Hinter ihm folgten neununddreißig Politiker, Firmenvorstände und Bankiers.

»Wir sind bereit, auf Ihre Forderungen einzugehen, wenn Sie uns eintausend Plätze in einem der Refugien zur Verfügung stellen«, eröffnete uns der amerikanische Präsident.

»Schauen Sie«, entgegnete ich mit dem Tonfall eines Vaters, der einem Kind etwas erklärt. »Die Refugien sind für die Elite bestimmt: für die besten Wissenschaftler, die besten Soldaten, die besten Unternehmer, die geschicktesten und fleißigsten Arbeiter und so weiter. Nur eine solche Elite hat das Potenzial, das Überleben der Menschheit zu sichern. Vor diesem Hintergrund bin ich sogar bereit, Ihnen mehr als tausend Plätze zur Verfügung zu stellen. Schicken Sie mir Ihre Besten, und ich werde dafür sorgen, dass sie einen Platz finden werden.«

Truman konnte seine Enttäuschung nicht verbergen. Natürlich wollte er tausend Plätze zu seiner freien Verfügung haben. An meiner Reaktion erkannte er jedoch, dass ich niemals tausend Karrieristen, Opportunisten und Intriganten aufnehmen würde. Es blieb ihm nichts anderes übrig, als sich mit einem Platz in einer der unterirdischen Festungen zufrieden zu geben.

Meine Entscheidung hatte zusätzlich zum moralischen Aspekt einen weiteren, bedeutenden Vorteil: Sie motivierte die amerikanische Regierung, die subplanetaren Festungen bauen zu lassen – mangels Alternative.

Ende des Auszugs

Kapitel 6: Die Kriegsverbrecherprozesse

Auszug aus »Die Schwarzen Adler – Geschichte des 12. Kastrup Fallschirmjägerregiments, Band 3« von Generalmajor Pio Filippani-Ronconi, Unitall Verlag, Neumünchen, Mars, Juli 1954

Der nun folgende Bericht über die Kriegsverbrecherprozesse ist nur am Rande für die Schwarzen Adler von Bedeutung, deren Umbau vom Fallschirmjägerregiment zur Raumlandebrigade zu jener Zeit bereits abgeschlossen war. Allerdings wären die Prozesse ohne den Einsatz meiner Kameraden wahrscheinlich überhaupt nicht möglich gewesen. Genau aus diesem Grunde hatte man mich eingeladen, den nicht-öffentlichen Verhandlungen beizuwohnen.

Der Grund dafür, der Öffentlichkeit eine direkte, unzensierte Teilnahme an den Prozessen zu verweigern, war einfach: Sowohl Stalin als auch Churchill wusste von den Vegaliern und unserer V-Technologie. Selbstverständlich wollte man den Angeklagten keine Gelegenheit geben, diese Geheimnisse auszuplaudern. Die Geschehnisse im Gerichtssaal wurden von Mitarbeitern des Ersten Kaiserlichen Fernsehens aufgezeichnet, vom Propagandaministerium bearbeitet und allabendlich gesendet. Die offizielle Begründung dafür, nur eingeladene

Zuschauer zuzulassen, war die, dass man aufgrund der Ungeheuerlichkeit der begangenen Verbrechen Racheakte befürchtete. Fernsehübertragungen in Echtzeit wurden offiziell mit dem Argument ausgeschlossen, man wolle den Angeklagten keine Plattform bieten, ihre menschenverachtenden Ideologien zu verbreiten.

Für mich hatte man drei Plätze reserviert, wobei ich meine beiden Begleiter frei wählen durfte. Ich entschied mich für Oberst von Rohwedder, der vor zwei Wochen vom Kaiser geadelt worden war. In den vergangenen Monaten hatte sich zwischen Hans und mir eine echte Männerfreundschaft entwickelt. Als Zeichen meines Respekts und natürlich als kleines Geschenk überließ ich es Hans, die übrige Person zu bestimmen. er wählte Feldwebel Wolf aus, dem seiner Meinung nach ein wenig staatspolitische Bildung nicht schaden konnte. Außerdem, so hatte er mir erklärt, wollte er mit dieser Wahl dokumentieren, dass nicht nur der Rang eines Soldaten, sondern vielmehr auch seine Taten eine entsprechende Wertschätzung nach sich zogen.

Wir waren bereits am Sonntag, dem 18. Juni 1950, nach London geflogen. Wir verbrachten den Tag mit »Sightseeing«, wie die Engländer sagten; am Abend zogen wir durch die Bars der Metropole, in die zweieinhalb Monate nach dem Ende der Kampfhandlungen wieder Normalität eingekehrt war.

Die Engländer machten sich mit großem Elan daran, die durch den Krieg entstandenen Schäden zu beseitigen. Ich hatte das Gefühl, dass dieses Volk regelrecht auflebte, als es begriff, dass Deutschland keinerlei Reparationsforderungen stellte, keine Gebietsansprüche erhob und sich die Berichte der zuvor durch die Demokraten dominierten Medien vom hässlichen, grausamen Deutschen als plumpe Propaganda herausgestellt hatten. Kaiser Friedrich hatte verlauten lassen, dass die Besatzungstruppen nur noch bis Ende August im Land bleiben sollten. Zusätzlich achteten die Offiziere der Truppen peinlichst darauf, dass sich kein nordischer Soldat in irgendeiner Weise daneben benahm.

Entsprechend vorbildlich war das Auftreten der niederländischen, belgischen, skandinavischen und französischen Soldaten, weshalb wir von den Einheimischen in den Kneipen freundlich empfangen wurden. Einige nutzten sogar die Gelegenheit, einem »berühmten« Generalmajor Fragen stellen zu können. Manche wollten unsere Einschätzung zum Fortgang des Krieges in Sibirien und gegen Amerika wissen, andere fragten, wahrscheinlich inspiriert durch unsere schwarzen Uniformen, ob die Aufstellung britischer Kastrup-Verbände geplant sei. Im Fokus der Neugierde der Engländer stand natürlich die Gefangennahme Churchills und Stalins.

Wir übernachteten in einem einfachen, sauberen Hotel und machten uns am darauf folgenden Morgen auf dem Weg zum Westminster-Palast. In der »Chamber of Commons«, dem Tagungssaal des ehemaligen britischen Unterhauses, sollten – passenderweise, wie ich fand – die Prozesse stattfinden.

Vor dem im neugotischen Stil errichteten, prunkvollen Gebäude warteten bereits die geladenen Gäste, die den Verhandlungen beiwohnen durften. Sie waren umringt von internationaler Presse, der die Teilnahme an den Prozessen versagt war. Dementsprechend konzentrierten sich die Journalisten darauf, Einschätzungen der Privilegierten zu bekommen.

Ich erkannte Dutzende ranghohe Militärs, Mitglieder von Adelsfamilien und prominente Wirtschaftslenker in der von den Reportern umgebenen Menschentraube. Dann wurde die Meute der Presseleute auf mich aufmerksam. Über die Einsätze meines Regiments zur Gefangennahme von Churchill und Stalin war in den Medien ausgiebig berichtet worden. Aus diesem Grunde war ich (leider) bekannt wie ein bunter Hund.

Energisch wiegelte ich ab mit dem Hinweis, dass ich Anfang April bereits alles zu den Einsätzen meines Regiments preisgegeben hatte und dass es wirklich nichts Neues zu dem Thema zu berichten gäbe.

Mir fiel ein Stein vom Herzen, als die Tore des Palastes um 08:45 Uhr geöffnet wurden und ich mich den von Berufs wegen aufdringlichen Reportern entziehen konnte.

Die Chamber of Commons war für die Verhandlungen vollkommen umgebaut worden. Zur Rechten befanden sich die Anklagebänke. Achtzehn Russen und Engländer hatten dort bereits Platz genommen und warteten auf den Beginn des Prozesses. Hinter ihnen standen deutsche Militärpolizisten mit hinter dem Rücken verschränkten Armen. Die Angeklagten trugen Kopfhörer, denn obwohl sie alle Deutsch sprachen, sollte ihnen das Gesagte simultan in die jeweilige Muttersprache übersetzt werden, um Missverständnisse zu vermeiden.

Wir nahmen im Zuschauerbereich in der vierzehnten Reihe Platz – Rohwedder in der Mitte, Wolf links, ich rechts von ihm. Vor den Sitzreihen befanden sich die Tische der Anklage und der Verteidigung. An der dem Eingang gegenüberliegenden Stirnwand war das Richterpult aufgebaut worden. Neun Männer in schwarzen Roben traten eine Viertelstunde später ein. Es handelte sich um neun nordische Aristokraten mit entsprechenden juristischen Erfahrungen, jedoch nicht um professionelle Richter.

Alle Anwesenden erhoben sich – bis auf Stalin und Churchill, die daraufhin nachdrücklich von zwei Militärpolizisten dazu aufgefordert wurden. Nachdem sich die Angeklagten, Zuhörer und Anwälte wieder gesetzt hatten, blieb der oberste Richter, Ferdinand von Amelungen, als Einziger stehen und verlas die Anklage, die ich hier gekürzt dem Sinne nach wiedergebe:

»Den hier Anwesenden Josef Stalin, Winston Churchill«, es folgten die Namen der sechzehn weiteren britischen und sowjetischen Angeklagten, wird eine Verschwörung zur Planung, Vorbereitung und Durchführung eines Angriffskrieges zur Last gelegt. Des Weiteren wird den ehemaligen Staatsoberhäuptern Stalin und Churchill vorgeworfen, die Ermordung von Zivilisten befohlen oder geduldet zu haben. Außerdem wird speziell der ehemalige Premierminister beschuldigt, im Auftrage der internationalen Hochfinanz die Bevölkerung gegen die Aristokratie aufgehetzt zu haben, um sie tiefer in die Zinsknechtschaft der Banken zu treiben.«

Es folgte eine detaillierte Aufzählung der begangenen Verbrechen, was etwas mehr als zwei Stunden in Anspruch nahm. Anschließend wurden die Beschuldigten befragt, ob sie sich schuldig oder nicht schuldig bekennen. Überflüssig zu sagen, dass kein Einziger seine Schuld anerkannte. Churchill ließ sich sogar zu einer Schimpfkanonade hinreißen, als er an der Reihe war. Er sprang trotz seiner Leibesfülle wie von einer Tarantel gestochen auf und wetterte darüber, dass das Gerichtsverfahren eine Farce sei und das Urteil ohnehin schon feststehe. Von Amelungen mahnte ihn mehrfach zu schweigen, er bekäme schließlich später noch Gelegenheit, sich persönlich zu verteidigen. Da Churchill nicht darauf reagierte und weiter schimpfte, wurde er von zwei Militärpolizisten unsanft auf die Bank gedrückt. Als er immer noch nicht aufhörte, drohte der oberste Richter damit, ihn aus dem Gerichtssaal entfernen zu lassen. Diese Ankündigung zeigte Wirkung. Churchill gab Ruhe.

Der erste Zeuge wurde aufgerufen. Es handelte sich um Staatssekretär Horrington, der bis zum Mai 1949 für Churchill gearbeitet hatte, dann aber aus »gesundheitlichen Gründen«, wie es geheißen hatte, von seinen politischen Ämtern zurückgetreten war.

Etwas steif nahm der hochgewachsene, schlanke Brite im Zeugenstand Platz. Er trug sein graues Haar seitlich gescheitelt, sein dunkelblauer Nadelstreifenanzug saß tadellos.

Der Chefankläger, Fürst zu Lohenfelde, erhob sich. Kein einziges Haar zierte seinen Schädel. Über seinem Bauch, der von der Vorliebe seines Besitzers für gutes Essen zeugte, spannte sich eine dunkelbraune Weste.

Zu Lohenfelde stellte zunächst die ehemalige Zusammenarbeit zwischen dem Zeugen und Churchill fest, was von Horrington noch einmal bestätigt wurde. Dann kam der rundliche Chefankläger auch schon zur Sache.

»Bitte berichten Sie uns über eine Telefonkonferenz, an der der Beschuldigte teilnahm und die den bevorstehenden Angriff der deutschen Luftwaffe auf die amerikanischen Nuklearanlagen bei Rosamond zum Inhalt hatte.«

Horrington erhob sich zunächst, wurde aber vom obersten Richter aufgefordert, sich wieder zu setzten. Offensichtlich war der ehemalige Staatssekretär nervös. Dann begann er zunächst stockend, dann immer flüssiger zu reden:

»Die besagte Telefonkonferenz begann am Dienstag, dem 15. März 1949, um 20:00 Uhr Londoner Zeit und endete gegen 23 Uhr. Teilnehmer waren der amerikanische Präsident Harry S. Truman, der britische Premierminister Winston Churchill, der Präsident des CFR Edward Mandell House, der Generalsekretär der KPdSU Josef Stalin und mehrere hohe Beamte auf allen drei Seiten, zu denen auch ich gehörte.

Die Telefonkonferenz war auf Wunsch des Premierministers einberufen worden, nachdem der deutsche Kaiser offen damit gedroht hatte, die amerikanischen Nuklearanlagen zu vernichten.

Alle Beteiligten waren sich darüber einig, dass es sich dabei nicht um eine leere Drohung handelte. Es bestand ein Konsens darüber, dass eine Bombardierung der Anlagen durch die deutsche Luftwaffe genau der Kriegsgrund war, den man dringend brauchte, um die Bevölkerung auf einen Waffengang gegen den Nordischen Bund einzustimmen. Zur Erklärung möchte ich hinzufügen, dass die Neutralisierung der deutschen Nuklearwaffen durch einen Kommunisten namens Malte Müller die Grundvoraussetzung für den geplanten Krieg war.

Der Premierminister führte an, dass die Bombardierung der kalifornischen Nuklearanlagen möglicherweise nicht ausreichte, die amerikanische und britische Bevölkerung von der Notwendigkeit eines Krieges gegen den Nordischen Bund zu überzeugen. Daraufhin legte Edward Mandell House einen Plan vor, der die Kriegsbegeisterung entfachen sollte. Er schlug vor, in die Kanalisation des nahe den Nuklearanlagen gelegenen Städtchens Rosamond hochentzündliches Napalm zu verbringen. Es handelt sich dabei um ein neuartiges, geleeartiges Gemisch verschiedener Materialien, das speziell für den Einsatz im Kriege entwickelt worden war.

Zeitgleich mit der Bombardierung der Nuklearanlagen durch die Deutschen sollte das Napalm gezündet werden, um den Eindruck zu erwecken, die Luftwaffe hätte die Stadt mit Brandbomben angegriffen.

Präsident Truman fragte nach der zu erwartenden Zahl ziviler Opfer, was House mit ‚zwischen drei- und fünftausend' beantwortete. Diese Zahl sei hoch genug, um einen Krieg zu rechtfertigen, bemerkte der Premierminister.«

Ich schaute hinüber zu Churchill und bemerkte, dass dessen Kopf eine hochrote Färbung angenommen hatte.

Der Chefankläger stellte eine Zwischenfrage. »Wie dachten Sie selbst über diesen ungeheuerlichen Plan?«

»Ich hoffte, dass die vom Kreis der Teilnehmer als sicher geltende Bombardierung der Nuklearanlagen ausbleiben würde. Damit hätte sich dann auch die Ausführung des ‚Napalm-Planes' erübrigt. Leider war dies nicht der Fall. Die Deutschen bombardierten das Kernwaffenzentrum, und der CFR zündete das Napalm. Die Weltöffentlichkeit ging davon aus, dass Deutschland eine wehrlose Stadt zerstört hatte mit fünftausend zivilen Opfern – wobei die Angaben je nach Zeitung erheblich schwankten.

Ich habe daraufhin dem Premierminister meinen Rücktritt erklärt. Die Ermordung der eigenen Bevölkerung halte ich für das schlimmste Verbrechen, das eine Regierung begehen kann, besonders dann, wenn sie vorgibt, ‚demokratisch legitimiert' zu sein. Begründet habe ich meinen Rücktritt mit ‚gesundheitlichen Gründen'.«

»Ich danke Ihnen für Ihre Ausführungen und übergebe nun an die Verteidigung«, sagte zu Lohenfelde.

»Wünscht die Verteidigung den Zeugen zu befragen?« Der Oberste Richter blickte zum Pult der Verteidigung.

Ronald Harwest, ein Mann Ende vierzig, mit streng zurückgekämmtem, dunkelblondem Haar und tadellos sitzendem Maßanzug erhob sich. Mit einem Lächeln, das eine gewisse Siegesgewissheit ausstrahlte, näherte er sich Horrington wie eine Schlange dem Kaninchen.

»Sie behaupten, Sie hätten Ihren Rücktritt erklärt, weil Sie angebliche Verbrechen der britischen Regierung nicht mittragen wollten. Ist das so korrekt?«

»Ja.«

»Ihre Darstellung möchte ich stark bezweifeln. Ist es nicht so, dass Sie von Premierminister Churchill zum Rücktritt gedrängt wurden, weil Sie ein Verhältnis mit einer zwanzigjährigen Prostituierten hatten? Seien Sie gewiss, dass ich die Frau jederzeit als Zeugin aufrufen kann. Stimmt es etwa nicht, dass Sie ihre verleumderischen Aussagen gegen den ehrbaren Premierminister aus Rache vorbringen, aus Rache dafür, dass er Ihr Verhalten für nicht länger tragbar erachtete?«

»Nein.« Mehr zu sagen schien Horrington nicht für nötig zu halten.

»Können Sie uns dieses ‚Nein' gütigerweise etwas näher erläutern?«

Nun war es der ehemalige Staatssekretär, der geradezu arrogant grinste. »Ich hatte mir schon gedacht, dass Sie irgendeine Schmutzgeschichte erfinden würden, um mich als Zeugen zu diskreditieren. Allerdings hatte ich nicht vermutete, dass Sie dabei derart dilettantisch vorgehen würden. Hätten Sie etwas besser über meine Person recherchiert, so hätten Sie uns hier eine etwas glaubwürdigere Geschichte aufgetischt.«

Durch diese selbstbewusste Rede des Zeugen war der Chefankläger sichtlich irritiert. Sein siegessicheres Lächeln war verschwunden. »Wie dürfen wir dies verstehen?«, fragte Harwest verunsichert.

»Ich bin homosexuell. Und dafür kann ich hier und jetzt eine ganze Reihe von Zeugen benennen. Diese werden dem hohen Gericht bestätigen, dass ich mir nichts aus Frauen mache – geschweige denn aus Prostituierten. Mein lieber Harwest, ich behalte mir eine Klage gegen Sie persönlich wegen Verleumdung vor.«

Ein Raunen ging durch das Publikum. Der Chefankläger war blass geworden. Nun war auch dem Letzten und Naivsten klar geworden, mit welchen harten Bandagen hier gekämpft wurde.

An jenem Montag und den darauf folgenden drei Tagen wurden eine Reihe weiterer Zeugen der Anklage und der Verteidigung angehört. Es handelte sich zum Großteil um Russen, die von den Säuberungsaktionen Stalins berichteten, bei denen Millionen Menschen ermordet worden waren. Es sagten jedoch auch einige Freimaurer aus, zu denen auch Churchill gehörte. Sie berichteten von der praktisch unbegrenzten Macht, die den Banken durch die Privatisierung der Geldschöpfung zuteil geworden war, und wie sie diese finanzielle Macht nutzten, um Medien und Politiker zu kontrollieren. Durch die Pseudodemokratie wurden die Massen mit Scheinrechten ausgestattet – man durfte wählen, wobei sich aber bis auf unwichtige Details nichts änderte, egal, wer gewählt wurde. Alle Parteien waren auf der Linie der Hochfinanz, deren willfährige Erfüllungsgehilfen Männer wie Churchill waren.

Für mich persönlich waren die Details, die in jenen Tagen an die Oberfläche jenes politischen Sumpfes kamen, höchst interessant. Doch all dies hier wiederzugeben würde den Rahmen eines Buches über die Schwarzen Adler zweifellos sprengen. Meine Abneigung gegen Karrieristen wie Churchill, die massiv gegen die Interessen ihres eigenen Volkes handelten, und moralisch kaum davon verschiedenen grausamen Tyrannen wie Stalin, hatte ein Ausmaß erreicht, das mich bei der Verkündung des Urteils keinerlei Mitleid empfinden ließ.

Zwölf der achtzehn Angeklagten erhielten Freiheitsstrafen zwischen zwölf Jahren und lebenslänglich. Die übrigen sechs, unter ihnen Churchill und Stalin, wurden zur Hinrichtung durch den Strang verurteilt.

Als wir das Gerichtsgebäude an jenem letzten Verhandlungstag verließen, machte sich ein Gefühl der Erleichterung in mir breit. Die dunkle Zeit des Aufhetzens des Volkes gegen die eigene Elite hatte zumindest in Europa ein Ende gefunden. Geführt von jener wahren Aristokratie, die seit Jahrhunderten Fortschritt und Kultur vorantrieb und sich besonders in Deutschland manifestiert hatte, war es für einen unerschütterlichen Optimisten wie mich nun nicht mehr völlig undenkbar, dass die Menschheit den Vegaliern ernsthaften Widerstand leisten konnte.

Verehrte Leser,

mit dem vorliegenden Band endet der Haupthandlungsbogen des Kaiserfront-1949-Zyklus. Der 2. Weltkrieg ist entschieden, die Vorbereitungen zur Abwehr der bevorstehenden Invasion der Vegalier sind in vollem Gange. Mit der Ankunft der Außerirdischen beginnt ein neues Kapitel in der Geschichte der Menschheit. Band 1 des neuen Zyklus »**Kaiserfront 1953**« schildert die ersten Kämpfe des Nordischen Bundes gegen die Invasoren. Die Hoffnungen der gesamten Menschheit ruhen auf den Soldaten der Kastrup, **der Schwarzen Legion**.

Pro Jahr werden ca. vier Bände des 53er-Zyklus erscheinen. Zusätzlich werden in unregelmäßigen Abständen Romane aus der Zeit vor der Invasion veröffentlicht. Den Anfang macht im Januar 2012 Kaiserfront 1949 Band 9: »**Das Jüngste Gericht**«.

Ich möchte mich herzlich bei Ihnen, verehrte Leser, für die Treue bedanken, die Sie der Serie entgegenbrachten. Deshalb konnte Kaiserfront zu einer der erfolgreichsten Science-Fiction-Romanserien des deutschsprachigen Raumes avancieren.

Mit den besten Grüßen,
Ihr
Heinrich von Stahl